Grande dame du suspense, Mary Higgins Clark règne sur le thriller anglo-saxon. Elle est traduite dans le monde entier, tous ses livres sont d'énormes succès de librairie et plusieurs de ses romans ont été adaptés pour la télévision.
Parmi plus de vingt romans, on retiendra : *La Nuit du renard, Un cri dans la nuit, Ne pleure pas, ma belle, Nous n'irons plus au bois, Souviens-toi, Ce que vivent les roses, Ni vue ni connue* et *Avant de te dire adieu...*

Fille de Mary Higgins Clark, Carol Higgins Clark est à la fois écrivain et comédienne. Elle a joué au théâtre, au cinéma et à la télévision. Elle est l'auteur de plusieurs romans : *Par-dessus bord, L'Accroc, Bien frappé, Sur la corde* et *Les Yeux de diamant*. Elle vit à New York et à Los Angeles.

MARY HIGGINS CLARK

et

CAROL HIGGINS CLARK

Ce soir
je veillerai sur toi

ROMAN TRADUIT DE L'ANGLAIS PAR ANNE DAMOUR

ALBIN MICHEL

Titre original :

HE SEES YOU WHEN YOU'RE SLEEPING
Simon and Schuster, New York.

Nous dédions ce livre aux victimes
de la tragédie du 11 septembre 2001,
aux familles et amis qui les aimaient,
et aux sauveteurs qui ont risqué leur vie
pour leur venir en aide.

Il n'est pire supplice que d'entendre tout le monde s'agiter en vue d'une réception, sachant que vous n'êtes pas invité. Pire encore quand la réception a lieu au paradis, songea Sterling Brooks. Cela faisait quarante-six ans qu'il attendait dans l'antichambre située devant les portes du paradis. Quarante-six ans, selon le compte terrestre. Aujourd'hui, il entendait le chœur des séraphins répéter les hymnes qui marqueraient le début des festivités de Noël.

Écoutez le chant des anges...

Sterling soupira. Il avait toujours eu une prédilection pour cet air. Il se tortilla sur son siège et regarda autour de lui. Sur les bancs se pressaient nombre de personnes qui attendaient d'être convoquées par le Conseil céleste. Des hommes et des femmes devant répondre de certains actes qu'ils avaient commis – ou omis d'accomplir – au cours de leur vie avant que soit visé leur passeport pour l'éternité.

Sterling se trouvait là depuis plus longtemps

que tous les autres. Il avait l'impression d'être l'enfant que sa mère a oublié de venir chercher à l'école. Il était généralement capable de faire bonne figure, mais, depuis peu, il se sentait gagné par l'abattement. De sa place près de la fenêtre, il avait vu passer une quantité de gens qu'il avait connus sur terre, les avait regardés s'envoler directement jusqu'au ciel. De temps à autre, il avait été irrité, voire un peu choqué, en constatant que certains d'entre eux étaient dispensés de patienter dans l'antichambre. Même le type qui avait fraudé le fisc et menti à propos de son handicap au golf avait franchi d'un air guilleret le pont qui menait aux portes du paradis.

Cependant, c'était la vue d'Annie qui l'avait bouleversé. Deux semaines plus tôt, la femme qu'il ne s'était jamais décidé à épouser, qu'il avait chérie sans jamais s'engager, était passée devant la fenêtre comme portée par la brise, aussi jeune et jolie que le jour de leur rencontre. Il avait couru jusqu'au bureau des renseignements et s'était enquis d'Annie Mansfield, l'âme qu'il venait d'apercevoir. L'ange avait cherché sur son ordinateur, et haussé les sourcils.

« Elle est morte il y a quelques minutes, à son quatre-vingt-septième anniversaire. Tandis qu'elle soufflait les bougies, elle a eu un étourdissement. Elle a mené une vie exemplaire. Généreuse. Aimante. Charitable.

— Était-elle mariée ? » avait questionné Sterling.

L'ange avait tapoté quelques touches et actionné le curseur, tel un employé d'une compagnie aérienne derrière son comptoir qui s'efforce de trouver la confirmation d'une réservation. Puis il s'était rembruni. « Elle était fiancée depuis des années à un imbécile qui l'a laissée dans l'attente, et elle a eu le cœur brisé quand il est mort subitement. Il a été frappé à la tête par une balle de golf. » Actionnant à nouveau le curseur, l'ange avait levé les yeux vers Sterling. « Oh, c'est vous ! Je suis navré. »

Sterling avait regagné piteusement sa place. Depuis, il avait beaucoup réfléchi. Il est vrai qu'il s'était laissé porter par les circonstances pendant ses cinquante et une années sur terre, sans jamais prendre aucune véritable décision, s'arrangeant toujours pour rester à l'écart des désagréments et des soucis. Il avait adopté la devise de Scarlett O'Hara : « Demain est un autre jour. »

Sterling se souvenait n'avoir éprouvé un réel sentiment d'inquiétude qu'une seule fois dans sa vie, à l'époque où il était sur la liste d'admission à l'université de Brown. Tous ses copains de classe avaient déjà reçu l'épais courrier de l'établissement de leur choix, les accueillant dans le bercail et les encourageant vivement à envoyer leur chèque le plus tôt possible. C'est seulement quelques jours avant la reprise des cours qu'il avait eu la confirmation du bureau des inscriptions de Brown lui annonçant qu'il y avait une place pour lui en première année. Nouvelle qui avait mis un point final aux quatre mois et demi les plus longs de sa vie.

Il savait pourquoi il avait été reçu de justesse. Bien que doué d'une vive intelligence et de talents athlétiques remarquables, il ne s'était jamais donné aucun mal au cours de ses études secondaires.

Un frisson d'angoisse le saisit. Certes, il avait fini par intégrer l'université qu'il désirait, mais peut-être ne serait-il pas aussi chanceux ici. Jusqu'à présent, il s'était accroché à l'idée que son passeport attendait simplement d'être visé. Sterling avait rappelé à l'ange de l'accueil que certaines des personnes qui étaient arrivées après lui avaient été acceptées. Ne l'aurait-on pas oublié par inadvertance ? Il avait été prié, poliment mais fermement, de regagner son siège.

Il désirait tellement être au ciel à Noël. L'expression peinte sur le visage de ceux qui s'élevaient dans les airs et passaient devant la fenêtre, leur joie à la vue des portes ouvertes devant eux ne cessaient de le fasciner. Et, à présent, Annie était là elle aussi.

L'ange posté dans l'antichambre attira l'attention de chacun. « J'ai de bonnes nouvelles. L'amnistie de Noël a été accordée à certains d'entre vous. Vous n'aurez pas à vous présenter devant le Conseil céleste. Vous vous dirigerez vers la sortie sur la droite, qui mène directement au pont céleste. Levez-vous et présentez-vous en ordre au fur et à mesure que nous vous appellerons... Walter Cummings... »

À quelques bancs de là, Walter, un énergique nonagénaire, se leva d'un bond et claqua des talons.

« Alléluia ! s'écria-t-il en s'élançant vers le devant de la pièce.

— J'ai dit en ordre », le réprimanda l'ange d'une voix où perçait une certaine résignation. « Encore que je ne puisse vous blâmer », murmura-t-il. Il appela le nom suivant : « Tito Ortiz. »

Tito poussa un cri de joie, et se mit presque à courir dans l'allée, sur les talons de Walter.

« Jackie Mills, Dennis Pines, Veronica Murphy, Charlotte Green, Pasquale D'Amato, Winthrop Lloyd III, Charlie Potters, Jacob Weiss, Eyck Elmendorf... »

Peu à peu les bancs se vidèrent.

L'ange lut le dernier nom de la liste et replia sa feuille. Sterling était le seul à rester. Une larme voila son regard. L'antichambre céleste lui parut soudain sépulcrale et affreusement solitaire. J'ai dû être quelqu'un d'épouvantable, pensa-t-il. Après tout, je n'entrerai sans doute jamais au ciel.

L'ange reposa la liste et s'avança vers lui. Oh non, se dit Sterling, affolé. Faites qu'il ne m'envoie pas dans l'autre endroit. Pour la première fois, il comprit l'angoisse qui étreignait ceux qui se sentent perdus et sans espoir.

« Sterling Brooks, dit l'ange. Vous êtes convoqué à une réunion extraordinaire du Conseil céleste. Suivez-moi, je vous prie. »

Un brin d'espoir s'éveilla dans le cœur de Sterling. Peut-être avait-il encore une chance. S'armant de courage, il se leva et suivit l'ange jusqu'à la porte de la salle d'audience. La voix et le visage empreints de compassion, l'ange chuchota : « Bonne chance », tout en ouvrant la porte et en le poussant à l'intérieur.

La pièce était de petites dimensions. Elle était baignée d'une clarté extraordinaire, comme Sterling n'en avait jamais vu. La grande baie vitrée offrait une perspective majestueuse des portes du paradis et il comprit que c'était d'elles que provenait ce rayonnement.

Quatre hommes et quatre femmes étaient assis à une longue table et lui faisaient face. À voir les halos lumineux autour de leurs têtes, il sut qu'il se trouvait en présence de saints, bien qu'aucun d'eux ne lui rappelât ceux des vitraux des cathédrales qu'il avait visitées ici et là. Leurs vêtements allaient de la tunique biblique aux tenues des meilleurs faiseurs du vingtième siècle. Avec la connaissance instinctive qu'il avait acquise au fil de ces années, Sterling comprit que leur mise reflétait l'époque où ils avaient vécu. L'homme qui se tenait à l'extrémité de la table, un moine au visage sévère, ouvrit la séance.

« Asseyez-vous, Sterling, nous avons quelques reproches à vous faire. »

Sterling prit le siège qu'on lui désignait, conscient que tous les regards étaient braqués sur lui.

L'une des femmes, vêtue d'une élégante robe en velours rouge et coiffée d'une tiare, dit avec la voix mesurée des gens cultivés : « Vous avez eu la vie facile, n'est-ce pas, Sterling ? »

Comme vous, si l'on en croit les apparences, pensa Sterling, mais il retint sa langue et hocha la tête avec humilité. « Oui, madame. »

Le moine le regarda d'un œil sévère. « Le poids de la couronne est un lourd fardeau. Sa Majesté a répandu ses bienfaits sur ses sujets. »

Seigneur, ils peuvent donc lire dans mes pensées, se dit Sterling, saisi d'un tremblement.

« Mais vous ne vous êtes jamais donné aucun mal pour autrui, continua la reine.

— Vous étiez un ami des beaux jours, dit un homme habillé en berger, assis à la seconde place à partir de la droite.

— Un agressif passif, renchérit un jeune matador, qui tirait sur un fil de l'ourlet de sa cape rouge.

— Que voulez-vous dire ? demanda Sterling d'un ton apeuré.

— Oh, excusez-moi. Cette expression n'était pas encore en vogue sur terre à votre époque. Elle est très populaire aujourd'hui, croyez-moi.

— Elle dissimule quantité de péchés », murmura une belle femme sans doute indienne, qui rappela à Sterling un tableau de la princesse Pocahontas.

« Agressif ? s'étonna Sterling. Je n'ai jamais perdu le contrôle de moi-même. Jamais.

— Agressif passif c'est tout autre chose. Vous faites du mal à votre entourage en refusant d'agir. Et en faisant des promesses que vous n'avez pas l'intention de tenir.

— C'est ce que j'appelle de l'égoïsme », fit calmement entendre une nonne au doux visage en bout de table. « Vous étiez un bon avocat spécialisé dans l'immobilier, résolvant les petits problèmes des très riches, mais sans jamais faire profiter de votre expérience le pauvre malheureux qui a injustement perdu sa maison ou le droit au bail de son magasin. Pire, vous avez parfois songé à dépanner quelqu'un pour décider ensuite de ne pas vous impliquer. » Elle secoua la tête. « Vous préfériez vous la couler douce, comme on dit.

— Le genre de type qui saute dans la première chaloupe le jour du naufrage », dit sèchement un saint en uniforme d'amiral anglais. « Un goujat, par Dieu ! Pas une seule fois vous n'avez aidé une vieille dame à traverser la rue.

— Je n'ai jamais rencontré de vieille dame qui ait besoin d'aide !

— Voilà qui vous campe à la perfection ! » s'exclamèrent-ils tous en chœur. « Vous étiez trop satisfait de vous-même, trop absorbé par votre personne pour voir réellement ce qui se passait autour de vous.

— Je regrette, dit Sterling en baissant la tête. Je croyais être un brave type. Je n'ai jamais voulu faire de mal à quiconque. Comment pourrais-je me racheter ? »

Les membres du Conseil se consultèrent du regard.

« Ma conduite sur terre a donc été tellement répréhensible ! » s'écria Sterling. Il désigna l'antichambre. « Pendant tout ce temps, j'ai parlé à une quantité d'âmes qui ont franchi ces portes. Aucune d'entre elles n'était une sainte ! Et à propos, j'ai vu monter directement au ciel un individu qui a fraudé le fisc. Vous ne vous en êtes sans doute pas aperçus. »

Ils éclatèrent de rire.

« Vous avez tout à fait raison. C'était le moment de la pause-café. Mais par ailleurs, il a donné beaucoup d'argent aux œuvres de charité.

— Et son handicap au golf ? demanda vivement Sterling. Je n'ai jamais triché comme il l'a fait. Et j'ai été frappé par une balle de golf. Et je suis mort. En mourant, j'ai pardonné au type qui m'a tué. Tout le monde ne se serait pas montré aussi généreux. »

Ils le regardèrent d'un air impassible tandis qu'il revoyait en esprit tous les moments de sa vie où il ne s'était pas préoccupé de son entourage. Annie. Trop égoïste pour l'épouser, il avait néanmoins entretenu ses espoirs parce qu'il ne voulait pas la perdre. Après sa mort, il était trop tard pour elle, elle n'avait pas pu fonder la famille qu'elle avait toujours désirée. Et maintenant elle était au ciel. Il voulait absolument la revoir.

Sterling se sentit horriblement malheureux. Il fallait qu'il connaisse le sort qui lui était réservé.

« Quelle est votre décision ? demanda-t-il. Est-ce que j'irai un jour au paradis ?

— C'est drôle que vous posiez cette question, répliqua le moine. Nous avons discuté de votre cas et décidé que vous étiez le candidat idéal pour une expérience à laquelle nous songeons depuis un certain temps. »

Sterling dressa l'oreille. Tout n'était pas perdu.

« J'aime les expériences, dit-il avec entrain. Je suis votre homme. Mettez-moi à l'épreuve. Quand commençons-nous ? »

Il se rendit compte qu'il disait n'importe quoi.

« Sterling, calmez-vous et écoutez. Vous allez redescendre sur terre. Et vous aurez pour tâche de trouver une personne qui a un problème dans sa vie et de l'aider à le résoudre.

— Redescendre sur terre ! »

Sterling était abasourdi.

Les huit têtes s'inclinèrent en même temps.

« Combien de temps devrai-je y rester ?

— Le temps qu'il vous faudra pour résoudre le problème en question.

— Cela signifie-t-il que, si je fais du bon travail, j'aurai mon passeport pour le ciel ? J'aimerais tant être là pour Noël. »

Ils parurent amusés. « Pas si vite, dit le moine. Dans le jargon d'aujourd'hui, vous avez un bon nombre de miles de vol gratuits à gagner avant de pouvoir résider en permanence derrière ces portes saintes. Toutefois, si vous accomplissez votre première mission de façon satisfaisante avant la veille de Noël, vous aurez un passeport de visiteur pour vingt-quatre heures. »

Le cœur de Sterling se serra un peu. Après tout, il n'y a que le premier pas qui coûte.

« Vous feriez bien de vous en souvenir », le prévint la reine.

Sterling sursauta. Il ne devait jamais oublier qu'ils lisaient dans les pensées.

« Comment reconnaîtrai-je la personne que je suis censé aider ?

— C'est un point important de cette expérience. Il vous faudra apprendre à percevoir les difficultés des gens autour de vous et à essayer de les résoudre, lui répondit une jeune femme en cape et bonnet d'infirmière.

— Y aura-t-il quelqu'un pour m'aider ? Je veux dire, quelqu'un à qui m'adresser si je ne suis pas sûr de ce que je dois faire ? Je veux accomplir ma tâche le mieux possible, vous comprenez ? »

Me voilà encore en train de parler à tort et à travers, se reprocha-t-il.

« Vous aurez à tout moment la possibilité de demander à nous consulter, le rassura l'amiral.

— Quand dois-je commencer ? »

Le moine pressa un bouton situé sur la table du Conseil. « Tout de suite. »

Sterling sentit une trappe s'ouvrir sous ses pieds. En un clin d'œil il fut projeté au milieu des étoiles, manquant de peu un vaisseau spatial, puis à travers les nuages, et se retrouva soudain à la hauteur d'un arbre de Noël étincelant de lumières. Ses pieds touchèrent terre.

« Mon Dieu ! s'exclama-t-il d'une voix effarée, je suis au Rockefeller Center ! »

Les boucles noires de Marissa retombaient en cascade sur ses épaules tandis qu'elle tournoyait sur la patinoire du Rockefeller Center. Elle avait chaussé ses premiers patins à l'âge de trois ans. Elle en avait presque huit, et glisser sur la glace était pour elle aussi naturel que respirer. Depuis peu c'était devenu la seule chose capable d'atténuer le chagrin qui lui gonflait la poitrine et la gorge.

La musique changea, et elle s'adapta d'instinct au rythme plus lent d'une valse. Pendant un court instant, elle s'imagina que son père était là avec elle, serrant sa main dans la sienne, et elle crut presque voir NorNor, sa grand-mère, lui sourire.

Puis elle se souvint qu'elle n'avait pas envie de patiner avec son père, qu'elle ne voulait plus lui parler, ni à lui ni à NorNor. Ils étaient partis sans même lui dire au revoir. Les premières fois où ils avaient téléphoné, elle les avait suppliés de revenir ou de lui permettre de leur rendre visite, mais ils avaient dit que c'était impossible. Ensuite, quand ils avaient rappelé, elle avait refusé de leur adresser la parole, et maintenant ils n'essayaient même plus.

C'était très bien comme ça. Elle s'en fichait.

Pourtant, chaque fois qu'il lui arrivait de passer devant le restaurant de NorNor, Marissa fermait les yeux ; c'était tellement amusant d'y aller avec papa. L'endroit était toujours bondé, on jouait du piano, et les gens demandaient à papa de chanter. Parfois, ils apportaient un de leurs CD et lui demandaient d'y inscrire un autographe.

Elle n'y allait plus jamais. Elle avait entendu maman dire à Roy – c'était le nouveau mari de maman – que, sans NorNor, le restaurant marchait mal, et qu'il allait sans doute fermer bientôt.

À quoi s'attendaient donc papa et NorNor quand ils étaient partis ? NorNor disait toujours que sans elle, sans sa présence dans la salle, le restaurant n'existerait plus. « C'est ma maison, disait-elle à Marissa. Tu n'invites pas les gens chez toi pour disparaître au milieu de la soirée. »

Si NorNor aimait tant son restaurant, pourquoi l'avait-elle quitté ? Et si Papa et NorNor aimaient Marissa comme ils le disaient, pourquoi l'avaient-ils abandonnée ?

Cela faisait presque une année entière qu'elle

ne les avait plus revus. On fêterait son anniversaire la veille de Noël. Elle allait avoir huit ans, et même si elle leur en voulait encore, elle avait promis au bon Dieu que s'ils sonnaient à la porte ce soir-là, elle ne serait plus jamais, jamais méchante avec personne, qu'elle aiderait maman à s'occuper des bébés et cesserait de prendre l'air excédé en entendant Roy raconter pour la centième fois les mêmes histoires stupides. Et si ça pouvait servir, elle promettait aussi de ne plus jamais enfiler ses patins, mais cette dernière promesse, elle savait bien que papa l'empêcherait de la tenir, car s'il revenait, il voudrait patiner avec elle.

La musique s'arrêta et Miss Carr, le professeur de patinage qui avait par faveur spéciale amené douze écoliers au Rockefeller Center, leur fit signe qu'il était temps de partir. Marissa exécuta une dernière pirouette avant de se diriger vers la sortie. Dès la minute où elle commença à délacer ses patins, le chagrin l'envahit à nouveau. Elle le sentit grandir dans son cœur, serrer sa poitrine puis monter comme une vague dans sa gorge. Au prix d'un effort douloureux, elle parvint à l'empêcher de gagner ses yeux.

« Tu te débrouilles drôlement bien, lui dit un des employés de la patinoire. Tu seras une star comme Tara Lipinsky quand tu seras grande. »

C'était ce que lui répétait tout le temps NorNor.

Le regard de Marissa se brouilla malgré elle. Quand elle détourna la tête pour cacher les larmes qui menaçaient de couler, ses yeux rencontrèrent ceux d'un homme appuyé à la balustrade au bord de la piste. Il portait un drôle de chapeau et un curieux manteau, mais il avait un visage gentil et elle eut l'impression qu'il lui souriait.

« Presse-toi, Marissa. » Il y avait une certaine impatience dans la voix de Miss Carr. Marissa courut rejoindre les autres enfants.

Tout me paraît familier et pourtant différent, murmura intérieurement Sterling en parcourant le Rockefeller Center du regard. D'abord, la foule était plus compacte que la dernière fois où il y était venu. Les gens se pressaient les uns contre les autres, chargés de sacs débordant de cadeaux, la tête levée pour admirer le superbe sapin de Noël.

Cet arbre semblait beaucoup plus grand que celui qu'il avait vu au même endroit quarante-six ans auparavant, et ses lumières, plus nombreuses, scintillaient d'un éclat plus vif que dans son souvenir. Sa magnificence, cependant, ne pouvait se comparer à la clarté de l'autre monde qu'il avait pu admirer dans la salle d'audience céleste.

Il avait grandi à Manhattan, dans la Dix-septième Rue, non loin de la Cinquième Avenue, et il y avait passé la plus grande partie de sa vie, aussi un sentiment de nostalgie s'emparat-il de lui. Il lui fallait à tout prix trouver la personne qu'il était censé aider afin de pouvoir accomplir sa mission.

Deux jeunes enfants couraient dans sa direction. Il fit un pas en arrière pour les éviter, puis se rendit compte qu'il avait bousculé une femme qui se tenait près de lui, la tête levée vers l'arbre.

« Je vous demande pardon, dit-il, j'espère que je ne vous ai pas fait mal. » Elle ne le regarda pas, sembla ne pas l'avoir entendu, ni même avoir senti le moindre heurt.

Elle ne se rend pas compte de ma présence, réalisa-t-il soudain. Elle ne me voit pas. Il était consterné. Comment aider quelqu'un si on ne peut ni me voir ni m'entendre ? Le Conseil m'a fichu dans une drôle de situation et je dois me dépatouiller tout seul.

Sterling dévisagea les passants. Ils se parlaient, chargés de leurs paquets, et riaient en désignant l'arbre. Aucun d'entre eux ne manifestait une détresse particulière. Il se rappela que l'amiral lui avait reproché de n'avoir jamais aidé une vieille dame à traverser la rue : Peut-être devrais-je essayer d'en trouver une aujourd'hui.

Il se dirigea d'un pas rapide vers la Cinquième Avenue, s'étonnant de la densité du trafic. Alors qu'il passait devant une devanture, il s'immobilisa, surpris d'apercevoir son reflet dans la vitre. S'il était invisible aux yeux des autres, il ne l'était pas pour lui. Il s'examina. Pas mal, mon vieux, pensa-t-il avec un brin de satisfaction. C'était la première fois qu'il voyait son image réfléchie depuis ce fatal matin où il était parti à son club de golf. Il nota ses cheveux poivre et sel à peine dégarnis, ses traits un peu anguleux, sa silhouette mince et musclée. Il portait son pardessus d'hiver, un Chesterfield bleu foncé avec un col de velours, son chapeau préféré, un feutre à bord roulé, et des gants de chevreau du même gris. De la façon dont les gens autour de lui étaient vêtus, il conclut que sa tenue devait être passée de mode.

S'ils pouvaient me voir, ils penseraient que je vais à une soirée déguisée, ou à un enterrement !

Sur la Cinquième Avenue, il regarda un peu plus haut devant lui. Son meilleur ami travaillait à l'American President Lines. Les bureaux avaient disparu. Sterling s'aperçut alors que beaucoup des magasins et des sociétés qui bordaient le Rockefeller Center à son époque avaient été remplacés. Normal, quarante-six ans s'étaient écoulés. Maintenant, où trouver une vieille dame à aider ?

C'est à croire que le Conseil l'avait entendu. Une femme âgée, armée d'une canne, se préparait à traverser la rue au moment où le feu passait au rouge. C'est imprudent, pensa-t-il, même si les voitures roulent au ralenti.

Allongeant le pas, il s'élança pour l'aider. Trop tard ! Un jeune homme s'était rendu compte du danger qu'elle courait et la saisissait par le coude.

« Fichez-moi la paix, s'écria-t-elle. Je me débrouille très bien seule depuis des années et je n'ai pas besoin qu'un type comme vous essaye de me piquer mon portefeuille. »

Le jeune homme marmonna quelques mots entre ses dents, lâcha son bras, et la laissa au milieu de la chaussée. Les klaxons retentirent, mais les voitures stoppèrent tandis que, sans hâte, elle atteignait le trottoir.

Il est clair que le Conseil ne m'a pas expédié sur terre pour elle, décida Sterling.

Une longue queue s'était formée devant Saks sur la Cinquième Avenue. Il se demanda ce qu'il y avait de spécial à regarder. On ne voyait jamais rien d'autre que des vêtements dans les vitrines. Du coin de l'œil, il aperçut les flèches de la cathédrale Saint-Patrick et sentit grandir son impatience d'agir.

Du calme, se raisonna-t-il. J'ai été envoyé sur terre pour aider quelqu'un et j'ai atterri au Rockefeller Center. C'est le signe que ma mission doit débuter dans ces parages. Sterling pivota sur lui-même et rebroussa chemin.

Avec une attention décuplée, il étudia les visages des passants qu'il croisait. Un couple le dépassa, tous les deux vêtus de cuir noir, tous les deux rasés comme s'ils avaient été scalpés. Des épingles dans le nez et les sourcils complétaient leur tenue à la dernière mode. Ceux-là auraient sans doute besoin d'aide, songea Sterling, mais il y a fort à parier qu'ils n'en voudraient pas. Tandis qu'il se frayait un chemin dans la foule, il se sentit à nouveau attiré vers le majestueux sapin de Noël qui était le cœur du Rockefeller Center en cette période de fête.

Il se retrouva à côté d'un jeune couple plus traditionnel d'apparence. Ils se tenaient par la main et paraissaient très amoureux. Refoulant le sentiment d'indiscrétion, il s'obligea à les écouter. Il crut deviner que le jeune homme était sur le point de faire sa demande en mariage. Vas-y, eut-il envie de lui dire. Avant qu'il ne soit trop tard.

« Nous avons assez attendu, disait le jeune homme.

— Je suis prête moi aussi. »

Les yeux de la jeune fille brillaient.

Où est la bague ? se demanda Sterling.

« On va s'installer ensemble pendant six mois et on verra si ça marche. »

La jeune fille semblait au comble de la félicité. « Je suis tellement heureuse. »

Secouant la tête, Sterling se détourna. Voilà une idée qui ne nous serait jamais venue de mon temps. Quelque peu découragé, il s'approcha de la balustrade qui surplombait la patinoire et regarda en bas. Une fillette attira sa curiosité. Elle exécutait une dernière pirouette. Elle patine exceptionnellement bien, pensa-t-il avec admiration.

Un moment plus tard, l'enfant leva les yeux et il vit qu'elle s'efforçait de refouler ses larmes. Leurs regards se croisèrent. Serait-il possible qu'elle me voie ? s'étonna Sterling. Il n'avait aucun moyen de le savoir, mais il aurait juré qu'elle avait senti sa présence et qu'elle était désemparée. Comme il la regardait quitter lentement la patinoire, il vit ses épaules se voûter et sut avec certitude qu'il avait trouvé l'être sur terre qui avait besoin de son aide.

Il franchit la balustrade, se précipita sur la piste, et la rattrapa au moment où elle pénétrait dans un minibus à destination de Madison Village qui attendait dans la Quarante-neuvième Rue. C'est donc là que vont ces enfants, pensa-t-il. À Long Island. Il entendit le professeur appeler sa petite protégée Marissa. C'était visiblement la plus jeune écolière du groupe. Elle se dirigea à l'arrière et s'assit seule sur le dernier siège. Rapidement, rassuré à la pensée que personne ne pouvait le voir, il la suivit à l'intérieur du minibus et se glissa sur le siège voisin du sien de l'autre côté du couloir. À plusieurs reprises, elle jeta un coup d'œil dans sa direction, sans doute consciente de sa présence.

Sterling se renfonça dans son siège. Il était sur la bonne voie. Il contempla Marissa qui s'était appuyée contre la fenêtre et fermait les yeux. Qu'est-ce qui pesait si lourd sur le cœur de cette petite ? À qui pensait-elle ?

Il avait hâte d'apprendre ce qui se passait chez elle.

« Non et non. Je supporte pas de passer un autre Noël si loin de Mama. » Eddie Badgett était au bord des larmes. « J'ai envie de retourner chez nous. De retrouver ma chère maman. Je veux la voir. »

Son visage sanguin exprimait un profond abattement et il passa les mains dans son épaisse chevelure grisonnante dont l'aspect ébouriffé lui donnait un faux air d'intellectuel.

L'approche des fêtes de Noël avait plongé Eddie dans un état de mélancolie que toutes ses richesses, accumulées grâce à des prêts usuraires à des taux astronomiques et à la manipulation des cours de la Bourse, ne pouvaient apaiser.

Il s'adressait à son frère, Junior, de trois ans son cadet. Junior portait le nom de leur père, un père qui, depuis leur naissance, avait passé la plus grande partie de son temps dans une prison humide au Kojaska.

Les deux frères se trouvaient dans la pièce

que leur coûteux décorateur avait pompeusement qualifiée de bibliothèque, la tapissant de livres qu'aucun d'eux ne lirait jamais.

Le somptueux manoir des Badgett, bâti au milieu de six hectares sur la très chic côte nord de Long Island, témoignait du talent des deux frères à soulager les autres êtres humains de leurs biens durement acquis.

Leur avocat, Charlie Santoli, était avec eux, assis à la table de marbre lourdement décorée, sa serviette posée à son côté, un dossier ouvert devant lui.

Santoli, de petite taille, la soixantaine élégante, et fâcheusement enclin à compléter sa toilette quotidienne par un flot d'eau de cologne Manley Elegance, observa ses clients avec son habituelle expression de mépris mêlé de crainte.

Il lui venait souvent à l'esprit que les deux frères ressemblaient l'un à une boule de bowling, l'autre à une batte de base-ball. Eddie était petit, court sur pattes, rond, rude. Junior était grand, mince et puissant. Et sinistre. Son sourire pouvait glacer toute une assistance, de même que le rictus qu'il vous adressait en guise de bienvenue.

Aujourd'hui, Charlie avait la bouche sèche. Il avait pour tâche désagréable d'annoncer aux deux frères qu'il n'avait pas pu obtenir un renvoi de leur procès pour racket, usure et tentative de meurtre. Ce qui signifiait que le beau Billy

Campbell, la star montante du rock, et sa pinup de mère, ex-chanteuse de cabaret et célèbre propriétaire du restaurant Nor Kelly, allaient bientôt sortir de leur cachette et se présenter devant la cour fédérale. Leur témoignage enverrait sur-le-champ Eddie et Junior dans une cellule qu'ils pourraient à loisir tapisser des photos de leur maman. En réalité, Santoli savait que, même depuis la prison, ils feraient en sorte que Billy Campbell n'ait plus jamais l'occasion de chanter une seule note et que Nor Kelly n'accueille plus jamais un seul client dans son restaurant. Ils possédaient les réseaux qu'il fallait.

« On dirait que tu hésites à parler, dit sèchement Junior. Tu ferais mieux de te décider. Nous t'écoutons.

— Ouais », reprit en écho Eddie. Il se tamponna les yeux, se moucha. « Nous t'écoutons. »

Madison Village était situé quelques sorties après Syosset sur le Long Island Expressway.

Devant le parking de l'école, Sterling sortit du minibus à la suite de Marissa. Des flocons de neige tourbillonnèrent autour d'eux. Un homme d'une quarantaine d'années, un grand blond aux cheveux clairsemés – le genre d'individu que la mère de Sterling aurait qualifié de « buveur d'eau » – appela Marissa en lui faisant de grands signes.

« Viens vite, mon petit lapin. Dépêche-toi. Tu n'as pas de bonnet ? Tu vas attraper froid. »

Sterling entendit Marissa marmonner tout bas tandis qu'elle courait vers une voiture beige garée au milieu d'une demi-douzaine de véhicules qui, pour lui, ressemblaient davantage à des camionnettes. Il en avait remarqué un grand nombre du même genre sur l'autoroute. Il haussa les épaules. Encore une fois, les choses avaient bien changé depuis quarante-six ans.

« Bonjour, Roy », dit Marissa en s'installant

d'un bond sur le siège avant. Sterling se tassa à l'arrière entre deux sièges minuscules visiblement destinés à de très petits enfants. Qu'allaient-ils encore inventer ? Quand j'étais petit, ma mère conduisait en me tenant sur ses genoux et elle me laissait tenir le volant.

« Comment va notre petite patineuse olympique ? » demanda Roy. Sterling comprit qu'il faisait de son mieux pour se montrer aimable, mais Marissa n'en avait cure.

« Bien », répondit-elle d'un air morne.

Qui est ce type ? se demanda Sterling. Certainement pas son père. Peut-être un oncle ? Le petit ami de sa mère ?

« Boucle ta ceinture de sécurité, ma princesse », recommandait Roy d'une voix faussement joyeuse.

Mon petit lapin ? ma princesse ? patineuse olympique ? Ce garçon est complètement nul, pensa Sterling.

Lâche-moi les baskets, soupira Marissa.

Stupéfait, Sterling attendit la réaction de Roy. Il n'y en eut pas. Roy regardait droit devant lui, son attention concentrée sur la route. Ses mains serraient fermement le volant et il conduisait à dix miles en dessous de la vitesse autorisée.

J'arriverais plus vite à la maison en patins, murmura Marissa en elle-même.

Sterling se sentit soudain au comble de l'excitation : il pouvait lire à volonté dans les pensées de l'enfant, peut-être avait-il aussi le pouvoir d'apparaître à ses yeux. Le Conseil céleste avait visiblement fabriqué certains outils à son intention, dont il lui laissait néanmoins découvrir seul l'usage. Ils n'avaient quand même pas l'intention de lui mâcher le travail.

Il se cala au fond de son siège, conscient d'être comprimé et mal installé, bien qu'il ne fût pas présent physiquement. Il avait éprouvé la même sensation lorsqu'il avait bousculé la femme devant la patinoire.

Le reste des sept minutes du trajet se déroula pratiquement dans le silence. On n'entendait que la radio qui diffusait une musique insipide.

Marissa se souvint du jour où elle avait changé de station dans la voiture de papa pour une autre qui jouait ce genre de rengaine. Il s'était écrié :

« Qu'est-ce qu'il te prend ! Ne t'ai-je donc rien appris en matière de musique ?

— C'est la station que Roy écoute tout le temps ! » avait triomphé Marissa.

Ils s'étaient esclaffés.

« Comment ta mère peut-elle vivre avec lui après m'avoir connu, je ne le comprendrai jamais », s'était étonné papa.

C'est donc ça, pensa Sterling. Roy est le beau-père de Marissa. Mais où se trouve son père et pourquoi est-elle triste et en colère dès qu'elle pense à lui ?

« Roy est allé la chercher. Ils devraient arriver d'une minute à l'autre, mais je crains qu'elle refuse de te parler, Billy. J'ai tenté de lui expliquer que tu n'y pouvais rien si Nor et toi deviez rester éloignés pendant un certain temps, mais elle ne m'a pas crue. »

Denise Ward, son téléphone sans fil à la main, s'entretenait avec le père de Marissa, son ex-mari, tout en essayant désespérément d'empêcher ses jumeaux de deux ans de s'attaquer à l'arbre de Noël.

« Je comprends, pourtant ça me fend le cœur de...

— Roy junior, lâche cette guirlande ! » l'interrompit Denise d'un ton exaspéré. « Robert, laisse l'Enfant Jésus. Je sais... Ne quitte pas, Billy. »

À deux cents miles de là, l'expression soucieuse de Billy Campbell s'éclaira d'un sourire. Il brandissait le récepteur afin que sa mère, Nor Kelly, pût entendre la conversation. Il haussa les sourcils d'un air amusé. « Je crois que l'Enfant Jésus vient de voler à travers la pièce », chuchota-t-il.

« Excuse-moi, Billy », dit Denise, revenant en ligne. « Écoute, je ne sais pas où donner de la tête, ici. Les petits diables sont surexcités par les préparatifs de Noël. Tu devrais rappeler dans un quart d'heure, même si ça ne donne aucun résultat : Marissa refuse carrément de vous parler, à toi et à Nor.

— Denise, je sais que tu es très occupée, dit Billy d'une voix calme. Tu as bien reçu les paquets que nous avons envoyés, mais Marissa a-t-elle un désir, un besoin particulier ? Peut-être a-t-elle parlé de quelque chose de spécial que je pourrais encore lui acheter ? »

Il entendit un fracas et des pleurs d'enfant.

« Oh, mon Dieu, l'ange en Waterford ! » Denise Ward semblait au bord de la crise de nerfs. « Ne t'approche pas, Robert. Tu m'entends ? Tu vas te couper... » La voix tendue, elle cria dans le téléphone : « Tu veux savoir ce dont Marissa a besoin, Billy ? Elle a besoin de toi et de Nor, elle a besoin de vous, et tout de suite. Je m'inquiète à son sujet. Roy aussi. Il fait tout ce qu'il peut pour elle et elle ne manifeste aucune réaction.

— Et moi, tu crois donc que je n'éprouve rien ? » Billy haussa le ton. « Je donnerais mon bras droit pour être auprès de Marissa. J'ai le cœur brisé à la pensée de ne pas être avec elle. Je suis reconnaissant à Roy de s'occuper d'elle, mais c'est ma petite fille et elle me manque.

— Je bénis ma chance d'avoir rencontré un homme sur lequel je peux compter, qui a un job stable, ne passe pas ses nuits dehors à jouer dans un groupe de rock, et ne se fourre pas dans des pétrins qui l'obligent à aller se planquer Dieu sait où. » Denise ne prit pas la peine de reprendre son souffle. « Marissa souffre. Tu comprends, Billy ?

Son anniversaire est dans quelques jours. La veille de Noël. J'ignore comment elle prendra le fait que tu ne sois pas là. Cette enfant se sent abandonnée. »

Nor Kelly vit l'expression douloureuse qui gagnait le visage de son fils et le regarda crisper sa main sur son front. Son ex-belle-fille était certes une bonne mère, mais elle ne parvenait plus à contrôler la situation. Elle désirait les voir revenir pour le bonheur de Marissa, mais elle aurait été folle d'angoisse à la pensée du danger que leur présence lui ferait courir.

« Bon, Billy, je lui dirai que tu as téléphoné. Il faut que je raccroche. Oh, attends une minute. J'entends la voiture dans l'allée. Je vais voir si Marissa veut te parler. »

Jolie maison, pensa Sterling en montant l'escalier sur les pas de Marissa et de Roy. Style Tudor. Buissons ornés de guirlandes lumineuses bleues. Une luge miniature avec le Père Noël et les huit rennes sur la pelouse. Tout était nickel. Parions que Roy est un maniaque de l'ordre.

Roy tourna la poignée et ouvrit la porte en grand. « Où sont mes petits garnements ? » appela-t-il gaiement. « Roy junior, Robert, papa est de retour. »

Sterling exécuta un bond de côté tandis que deux blondinets identiques se ruaient vers eux. Il jeta un regard dans la salle de séjour où une jolie jeune femme blonde, l'air épuisé, brandissait vers eux un téléphone sans fil (encore une innovation depuis le départ de Sterling). Elle fit un signe vers Marissa. « Ton papa et NorNor aimeraient vraiment beaucoup te parler », dit-elle.

Marissa pénétra dans la pièce, prit le téléphone des mains de sa mère et, à la stupéfaction de Sterling, coupa la communication, replaça le récepteur sur sa base puis, les yeux brillants de larmes, monta l'escalier en courant.

Ça alors ! pensa Sterling.

Il ne savait pas encore où se situait le problème, mais il fut ému par le regard désespéré que la mère de Marissa échangeait avec son mari. On dirait que j'ai trouvé une mission toute tracée, décida-t-il. Marissa a besoin d'aide, et tout de suite.

Il la suivit en haut de l'escalier, frappa à la porte de sa chambre.

« S'il te plaît, laisse-moi tranquille, maman. Je n'ai pas faim, je ne veux pas manger.

— Ce n'est pas maman, Marissa », dit Sterling.

Il entendit la clé tourner et la porte s'ouvrit lentement. Les yeux de Marissa s'agrandirent et son expression abattue fit place à l'étonnement le plus profond. « Je vous ai vu pendant que je patinais et ensuite quand je suis montée dans le minibus. Est-ce que vous êtes un fantôme ? »

Sterling lui sourit.

« Pas vraiment un fantôme. Je suis une sorte d'ange en service commandé, mais je ne suis pas réellement un ange. À vrai dire, c'est pour cette raison précise que je suis ici.

— Vous voulez m'aider, c'est ça ? »

Sterling sentit un élan de tendresse le saisir tandis qu'il plongeait ses yeux dans le regard brouillé de Marissa.

« T'aider est mon désir le plus cher. Pour mon bonheur autant que pour le tien.

— Est-ce que vous avez des ennuis avec Dieu ?

— Disons plutôt qu'il n'est pas très content de moi pour le moment. Il pense que je ne mérite pas encore d'entrer au paradis. »

Marissa ouvrit des yeux ronds.

« Je connais une quantité de gens qui n'iront jamais au ciel. »

Sterling éclata de rire.

« Il y en a dont j'aurais juré qu'ils n'y entreraient pas et aujourd'hui ils sont là-haut avec tout le gratin.

— Allez savoir, fit Marissa. Voulez-vous entrer ? J'ai un fauteuil dans ma chambre qui était assez grand pour mon papa quand il venait m'aider à faire mes devoirs. »

Elle est exquise, se dit Sterling en la suivant dans une pièce de belles dimensions. Quel caractère intéressant. Il se réjouit que Marissa le considérât d'instinct comme une âme sœur, quelqu'un en qui elle pouvait avoir confiance. Elle semblait déjà un peu plus détendue.

Il s'installa dans le fauteuil qu'elle lui indiquait et s'aperçut qu'il portait encore son chapeau. « Oh, désolé », murmura-t-il en l'ôtant pour le poser délicatement sur ses genoux.

Marissa tira sa chaise de bureau et s'assit avec l'attitude d'une hôtesse polie.

« Je voudrais pouvoir vous offrir une limonade et des biscuits ou quelque chose ; seulement si je descends, ils m'obligeront à dîner avec eux. » Elle fronça le nez. « Mais à propos. Est-ce que vous avez faim ? Pouvez-vous manger ? Parce que vous avez l'air d'être là, mais pas réellement.

— J'essaye tout juste de m'y retrouver moi-même, avoua Sterling. C'est mon premier essai dans ce genre d'aventure. Maintenant raconte-moi, pourquoi refuses-tu de parler à ton papa ? »

Marissa baissa la tête et une ombre voila son visage.

« Il ne veut pas venir ici et il ne me permet pas de leur rendre visite à lui et à NorNor, ma grand-mère. Et puisqu'ils ne veulent pas me voir, alors moi non plus je ne veux pas les voir.

— Où habitent-ils ?

— Je n'en sais rien, répondit précipitamment Marissa. Ils refusent de me le dire et maman n'est pas au courant. Elle dit qu'ils se cachent parce que des sales types veulent leur faire du mal et qu'ils ne peuvent pas revenir avant d'être en sécurité, mais à l'école les enfants disent que papa et NorNor ont eu des ennuis et qu'ils ont dû s'enfuir. »

Qu'est-ce que c'est que cette histoire ? se demanda Sterling.

« Quand les as-tu vus pour la dernière fois ?

— L'année dernière, deux jours après Noël. C'est le dernier jour où je les ai *vraiment* vus. Papa et moi sommes allés patiner. Ensuite nous avons déjeuné au restaurant de NorNor. Nous devions nous rendre au Radio City Music Hall pour le premier de l'an, mais NorNor et lui ont dû partir. Ils sont brusquement entrés dans ma chambre, alors que j'étais à peine réveillée, et ils m'ont dit au revoir. Ils ne m'ont pas dit quand ils reviendraient et ça fait déjà un an ! » Elle s'interrompit. « Je veux voir papa ! Je veux voir NorNor ! Ce n'est pas juste ! »

Elle est affreusement malheureuse, pensa Sterling, contemplant le joli visage crispé par le chagrin et la colère. Il comprenait fort bien sa peine. Elle lui rappelait l'infinie tristesse qu'il avait ressentie en voyant Annie passer devant la fenêtre et entrer dans l'éternité. « Marissa... » Quelqu'un frappa à la porte de la chambre.

« Oh, j'en étais sûre, dit Marissa. C'est maman qui veut que je descende dîner. Je n'ai pas faim et je ne veux pas que vous partiez.

— Marissa, je vais m'occuper de ton problème. Je reviendrai te dire bonsoir.

— Promis ? »

Un second coup résonna à la porte. « Marissa. »

« Oui, mais promets-moi une chose en retour, dit vivement Sterling. Ta maman est vraiment inquiète à ton sujet. Sois gentille avec elle.

— D'accord. Je serai aussi gentille avec Roy et, de toute façon, j'aime le poulet. J'arrive, maman », cria-t-elle. Elle se retourna vers Sterling. « Check !

— Check ? Qu'est-ce que ça signifie ? »

Marissa le regarda d'un air incrédule.

« Vous devez être très vieux. Tout le monde sait ce que ça veut dire.

— Il y a longtemps que je ne suis plus dans le coup », dut admettre Sterling.

Suivant son exemple, il leva la main, les cinq doigts écartés, et la tint ainsi ouverte tandis qu'elle la frappait avec force. Il sourit. Quelle enfant précoce !

« À tout à l'heure, chuchota-t-il.

— Formidable. N'oubliez pas votre chapeau. Je ne veux pas être désagréable, mais franchement il n'est pas terrible. »

Denise l'appelait : « Marissa, le dîner va refroidir. »

« Le dîner est toujours froid », murmura Marissa à Sterling qui l'accompagnait à la porte. « Roy prend des heures pour dire les grâces. Papa dit que maman devrait s'en tenir aux plats préparés qu'on n'a pas besoin de réchauffer. »

Elle avança la main vers le bouton de la porte. « Maman ne peut pas vous voir, n'est-ce pas ? »

Sterling secoua la tête et disparut.

Dans la salle d'audience, les membres du Conseil avaient suivi les faits et gestes de Sterling avec le plus grand intérêt.

« Ça ne lui a pas pris beaucoup de temps pour trouver un contact sur terre. On dirait qu'il s'est creusé les méninges, approuva l'amiral.

— Cette petite fille est si triste, dit doucement la religieuse.

— Et elle a son franc-parler, fit remarquer le moine. Je suis toutefois obligé de constater que tout était différent à mon époque. Sterling s'apprête à nous demander un entretien. Je crois que nous devrions le lui accorder.

— Qu'il en soit ainsi », dirent-ils en chœur.

Plongé dans ses pensées, Sterling s'attarda un bref instant dans le passage couvert entre la maison et le garage, s'abritant de la neige qui tombait lentement. Je pourrais fureter en ville et glaner quelques renseignements sur son père et sa grand-mère, pensa-t-il, mais il y a un meilleur moyen d'avoir le tableau complet de la situation, et cela m'oblige à demander la permission du Conseil.

Il ferma les yeux. Avant même d'avoir eu le temps de faire sa demande, il se retrouva dans la salle d'audience. Dieu soit loué, les visages de ses saints mentors semblaient l'observer avec une circonspection teintée de bienveillance.

« Je vois que vous avez tenté de trouver une vieille dame à aider, gloussa l'amiral. Le jeune homme qui vous a devancé en est resté comme deux ronds de flan. C'était une dure à cuire.

— Au moins Sterling n'a-t-il pas perdu une minute quand il est arrivé sur terre », dit l'infirmière d'un ton admiratif.

Le compliment fit rougir Sterling. « Merci, merci. Comme vous pouvez le comprendre, je ne veux pas gaspiller mon temps. Je crois pouvoir aider Marissa lorsque j'aurai compris la cause de sa détresse. L'an dernier son père et sa grand-mère avaient l'intention de l'emmener au Radio City Music Hall pour le nouvel an. Mais il s'est passé quelque chose juste avant. Ils sont venus la voir au petit matin, le 1er janvier, et l'ont prévenue qu'ils devaient quitter la ville pendant un certain temps. »

Le moine hocha la tête. « Pour attaquer les problèmes à la racine, il faut creuser dans le passé. »

Le berger, qui était resté très silencieux jusqu'alors, prit soudain la parole : « Les problèmes de la plupart des gens remontent souvent très loin en arrière. Si vous aviez connu ma famille ! Pourquoi croyez-vous que je suis devenu berger ? La montagne était le seul endroit où je pouvais trouver un semblant de paix. »

Ils rirent. « Ne me branchez pas sur le sujet, dit la reine à son tour. Les problèmes de ma famille faisaient le tour du royaume. »

Le moine s'éclaircit la voix :

« Je crois que nous vous comprenons tous, Sterling. Nous savons pourquoi vous êtes là. Vous demandez l'autorisation de remonter le temps afin d'apprendre pourquoi le père et la grand-mère de Marissa ont été obligés de fuir la ville.

— C'est cela même, monsieur, dit Sterling humblement. Peut-être estimez-vous qu'en m'accordant cette permission vous rendrez ma tâche trop facile. Si c'est le cas, bien sûr, je ne demanderai aucune faveur particulière.

— Lorsque vous comprendrez de quoi il s'agit, vous aurez besoin de quelques faveurs spéciales, rétorqua ironiquement le matador. Si vous voulez mon avis, vous vous apprêtez à entrer dans l'arène avec deux taureaux au lieu d'un et... »

Le moine le fit taire. « C'est à Sterling de le découvrir tout seul. » Sa main se tendit vers le bouton.

Ils ont fait vite, se dit Sterling, se sentant à nouveau propulsé à travers le système solaire. Ils me renvoient sur terre différemment cette fois. Sans doute parce que je remonte le temps.

Avant même de s'en rendre compte, il se trouva sur le parking d'un restaurant d'apparence attrayante. Plutôt populaire, observa-t-il. À travers les fenêtres, il vit qu'il régnait à l'intérieur une grande activité. Voulant se repérer, il marcha vers le bout de l'allée et lut sur le panneau : CHEZ NOR.

Parfait. Le restaurant de la grand-mère de Marissa. Nul besoin d'être Sherlock Holmes pour imaginer que la prochaine étape consisterait à entrer et jeter un coup d'œil dans la salle. Il remonta l'allée rapidement, grimpa les marches, franchit le perron et s'apprêta à ouvrir la porte.

Suis-je bête, il m'aurait suffi de passer au travers. À quoi bon gaspiller la chaleur ? Un courant d'air l'accompagna à l'intérieur où une femme, la soixantaine bien conservée, ses cheveux blonds torsadés, retenus en chignon par un peigne orné de strass, se tenait devant un petit bureau où elle examinait le registre des réservations. Elle leva les yeux. Quelques frisettes effleuraient son front.

Elle est encore sacrément séduisante, si on aime le style un peu voyant, pensa Sterling.

« Je jurerais avoir fermé cette fichue porte »,

murmura Nor Kelly. En deux enjambées elle se trouva à la hauteur de Sterling et repoussa la porte d'un geste autoritaire.

« NorNor, viens t'asseoir. Ton café est servi », l'appela une voix d'enfant.

Une voix familière. Sterling pivota sur lui-même et examina l'endroit. Des murs lambrissés d'acajou, des tables recouvertes de nappes d'un blanc immaculé et surmontées de bougies rouges créaient une ambiance joyeuse et chaleureuse. Non loin du bar se trouvait un piano. Des guirlandes lumineuses scintillaient sur les murs et les fenêtres et une musique de fête jouait doucement en fond sonore.

« NorNor », appela à nouveau l'enfant.

Ses yeux parcoururent la salle bondée. Une petite fille était assise à une table d'angle à droite de la porte. Elle regardait dans sa direction. C'était Marissa ! Elle avait l'air un peu plus jeune, ses cheveux étaient légèrement plus courts, mais le plus étonnant était son air joyeux. Son regard étincelait, ses lèvres se relevaient en un sourire espiègle, elle portait une tenue de patineuse d'un rouge éclatant et se tenait à côté d'un homme d'une beauté saisissante. Brun, les yeux bleus, il avait vingt-huit ou vingt-neuf ans.

Billy Campbell, pensa Sterling. Il a l'air d'une star de cinéma. J'aurais aimé lui ressembler quand j'étais en vie, réfléchit-il. Quoique je n'aie pas eu à me plaindre sur ce plan-là.

Nor leva la tête. « Je viens tout de suite, Marissa. »

Il était clair que Marissa ne l'avait pas vu. Bien sûr, réfléchit Sterling. Il n'est pas prévu que nous nous rencontrions avant l'année prochaine.

Il se fraya un chemin jusqu'à la table et prit une chaise en face de Marissa. Comme elle est différente, pensa-t-il dans un élan de tendresse.

Son père et elle étaient en train de terminer leur repas. Les croûtes d'un sandwich grillé au fromage étaient répandues sur l'assiette de Marissa. Je n'ai jamais aimé la croûte, moi non plus, se rappela Sterling.

« Papa, s'il te plaît, est-ce que je peux venir à la soirée avec vous ? demanda Marissa tout en jouant avec la paille de sa limonade. J'aime tellement vous entendre chanter, toi et NorNor, et je promets de ne pas être insupportable.

— Tu n'es jamais insupportable, Marissa, dit Billy en lui donnant une tape affectueuse sur la tête. Mais cette soirée n'est pas pour les enfants. Crois-moi.

— Je voudrais voir à quoi ressemble cette grande maison à l'intérieur.

— Tu n'es pas la seule, marmonna Billy. Écoute, nous irons tous au Radio City le jour de l'an. Ce sera beaucoup plus amusant. Fais-moi confiance.

— Un garçon à l'école a dit que les propriétaires de cette maison ressemblent aux personnages des *Sopranos*[1]. »

Billy éclata de rire. « Encore une excellente raison pour ne pas t'y emmener, bébé. »

Les Sopranos ? s'étonna Sterling.

Nor Kelly se glissa sur la chaise à côté de Marissa.

« N'oublie pas que ton autre grand-mère doit arriver ce soir chez ta maman. Tu étais impatiente de la voir.

— Elle va rester trois jours. Je la verrai demain. Je ne veux pas rater l'occasion de vous entendre chanter tous les deux ensemble. »

Les yeux de Billy brillèrent.

« Tu es trop jeune pour être une groupie. »

Une groupie ? Décidément, il y a trop de mots nouveaux...

« Papa, tout le monde adore ta nouvelle chanson. Tu vas devenir célèbre, tu sais !

— Tu parles qu'il va le devenir, Marissa ! » renchérit Nor.

Je comprends pourquoi ils manquent tant à Marissa, pensa Sterling. Elle est dans son élément avec eux. Nor Kelly et Billy Campbell lui étaient déjà sympathiques. On ne pouvait nier qu'ils étaient mère et fils, et que Marissa avait hérité d'eux ces yeux bleus, ce teint clair et ces traits réguliers qui faisaient son charme. Nor et

---

1. *Les Sopranos* : célèbre feuilleton où certains des personnages sont des caricatures de mafiosi (*N.d.T.*).

Billy possédaient le charisme naturel des artistes-nés et Marissa montrait déjà la même grâce.

Le restaurant commençait à se vider et les gens s'arrêtaient pour saluer leur hôtesse. « À bientôt, nous viendrons pour le jour de l'an, promirent beaucoup d'entre eux. Nous n'avons jamais manqué une seule de vos fêtes, Nor.

— En tout cas, je ne manquerai pas cette fête-là, déclara fermement Marissa, pointant le doigt pour souligner sa décision.

— Jusqu'à dix heures, accepta Billy. Ensuite tu rentreras à la maison.

— Ne nous refais pas le coup de l'année dernière où tu t'es cachée derrière le bar quand est venue l'heure de quitter les lieux, la prévint Nor en riant. À propos, ta mère va arriver dans une minute et ton papa et moi devons nous préparer. On nous attend dans une heure. »

Billy se leva. « Voilà maman, Marissa. »

Denise Ward traversait la salle dans leur direction. « Bonjour, Billy. Bonjour Nor. Désolée d'être en retard, s'excusa-t-elle. Il me restait quelques provisions à faire et la queue à la caisse était interminable. Mais j'ai trouvé ce dont nous avions besoin pour confectionner les gâteaux, Marissa. »

Comme Billy, Denise avait sans doute moins de trente ans, pensa Sterling. Ils s'étaient visiblement mariés jeunes et, bien que divorcés, semblaient avoir gardé des relations amicales. À les regarder tous les deux, elle dans son impeccable tailleur d'hiver et lui en jean et boots noires, on voyait tout de suite qu'ils n'étaient pas sur la même longueur d'onde.

Et Dieu sait que Billy Campbell n'avait pas suivi le dicton selon lequel un homme épouse toujours sa mère. Personne n'aurait pu accuser Nor Kelly d'être collet monté. Elle portait un tailleur-pantalon moulant de cachemire blanc égayé d'une écharpe de soie multicolore, le tout agrémenté de bijoux peu discrets.

« Comment vont les bébés ? demanda Nor.

— Ils commencent à marcher », annonça Denise avec fierté. « Lorsque Roy junior a fait ses premiers pas, Roy senior est resté toute la nuit debout pour installer des barrières dans la maison. »

Sterling crut déceler une imperceptible exaspération dans le regard de Billy. Elle lui fait comprendre à quel point Roy sait se rendre utile. Je parie qu'à chacune de ses visites, il entend vanter les multiples talents de Roy.

Marissa se leva et embrassa son père et sa grand-mère. « Amusez-vous bien avec les Sopranos », dit-elle.

Denise parut surprise.

« Les Sopranos ?

— Elle plaisante, dit Nor vivement. On nous a engagés ce soir pour chanter à la réception que donnent les frères Badgett au bénéfice de la résidence des personnes âgées.

— N'habitent-ils pas dans cette grande maison... ? commença Denise.

— Si, c'est là qu'ils habitent, répondit Marissa précipitamment, et on dit qu'ils ont une piscine dans la maison et un bowling.

— Nous te ferons une description détaillée, promit Billy. Allons. Va chercher ta veste. »

Comme ils se dirigeaient vers le vestiaire, Sterling en profita pour jeter un coup d'œil aux photos encadrées qui tapissaient les murs. Nombre d'entre elles représentaient Nor posant avec ses clients à leurs tables. Certaines étaient dédicacées, sans doute par des célébrités de l'époque. Il y avait des photos de Nor sur scène, dans toute sa splendeur, en train de chanter avec un orchestre ; d'autres de Billy, la guitare à la main, jouant avec un groupe ; de Nor et de Billy ensemble ; de Billy et Nor avec Marissa.

Sur des photos plus anciennes, Sterling vit que Nor avait dû être chanteuse de cabaret jadis. Il en examina une série sur laquelle elle apparaissait avec un partenaire. L'inscription en bas indiquait : NOR KELLY ET BILL CAMP-BELL. Le père de Billy. Je me demande ce qu'il est devenu et depuis quand elle possède ce restaurant. Puis une affiche datant d'une vingtaine d'années pour une fête du nouvel an Chez Nor lui indiqua qu'elle était dans le métier depuis longtemps.

Marissa partit après un dernier baiser à Nor et à son père.

Bien qu'il se sût invisible à ses yeux, Sterling eut l'impression qu'elle avait instinctivement senti sa présence. Peut-être même lui avait-elle fait son salut habituel, la paume tendue vers lui. Tu deviens complètement ridicule, se reprit-il. Mais, en voyant Marissa avec Billy, il avait soudain regretté l'enfant qu'il aurait pu avoir s'il avait épousé Annie.

Billy et Nor déclarèrent qu'ils devaient partir dans une quinzaine de minutes et allèrent en hâte se changer. Pour tuer le temps, Sterling s'attarda au bar où un unique client bavardait avec le barman. Il s'assit sur un tabouret non loin d'eux. Si j'étais de ce monde, je commanderais un scotch, pensa-t-il. Il y a bien longtemps que je n'en ai pas bu. L'an prochain, Marissa me demandera si j'ai faim ou soif. En réalité, je n'ai aucune envie de manger ni de boire, pourtant j'ai froid lorsque je suis dehors et je me sens comprimé en voiture. Comme dirait Marissa : « Allez savoir. »

« C'était un chouette Noël, Dennis, disait le client. Je n'aurais jamais cru que ça se passerait aussi bien. C'est le premier sans Peggy. Franchement, quand je suis descendu ce matin-là, j'étais prêt à me flinguer, mais en arrivant ici je me suis senti presque en famille. »

Ça alors, je n'en crois pas mes yeux ! pensa

Sterling. C'est Chet Armstrong, le reporter sportif. Il venait juste d'être engagé sur Channel 11 quand j'ai reçu ce coup sur la tête qui m'a expédié *ad patres*. C'était un petit maigrichon alors, mais quand vous l'entendiez commenter les nouvelles sportives, vous auriez cru que sa vie en dépendait. Il s'est épaissi aujourd'hui, ses cheveux ont blanchi et il a le visage tanné d'un homme qui passe son temps dehors.

« Je me sens presque coupable d'avoir passé un si bon Noël, poursuivait Armstrong, mais je sais que Peggy me souriait de là-haut. »

Je me demande si on a fait patienter Peggy dans l'antichambre céleste, pensa Sterling. Il aurait voulu que Chet ouvrît son portefeuille. Peut-être contenait-il une photo d'elle.

« Peggy était une fille formidable », acquiesça Dennis, un grand costaud aux cheveux roux, avec de larges mains agiles. Il nettoyait les verres de bière et les remplissait au fur et à mesure que les serveurs déposaient les commandes devant lui. Sterling nota que les yeux d'Armstrong étaient fixés sur une des photos encadrées au-dessus du bar. Il se pencha en avant pour mieux voir. C'était une photo de Nor et de Chet dont le bras entourait les épaules d'une femme de petite taille, sans doute Peggy.

Je l'ai *déjà* vue, constata Sterling. Elle était assise deux rangs derrière moi dans l'antichambre. Mais elle n'est pas restée assez longtemps pour y prendre ses habitudes.

« Peggy était très drôle, mais il ne fallait pas lui chercher des crosses », rappela Chet avec un petit rire.

Voilà ce qui l'a retardée, pensa Sterling. Elle avait un caractère de chien.

« Écoute, dit Dennis d'un ton de confesseur. Je sais que ça te paraît impensable, mais je parie qu'un jour ou l'autre tu rencontreras quelqu'un. Tu as encore un bon bout de temps devant toi. »

À condition de faire gaffe à ton partenaire de golf, marmonna Sterling.

« J'aurai soixante-dix ans en mars prochain, Dennis.

— Aujourd'hui, c'est la force de l'âge. »

Sterling secoua la tête. J'en aurais eu quatre-vingt-dix-sept. Personne ne me qualifierait de jeune homme.

« Depuis combien temps travailles-tu ici, Dennis ? » demanda Chet.

Merci, Chet, pensa Sterling, espérant que la réponse de Dennis l'aiderait à se faire une idée plus précise de la situation.

« Nor a ouvert cet endroit il y a vingt-trois ans. Bill est mort alors que Billy commençait à aller à l'école. Elle ne voulait plus être constamment en vadrouille. Je l'avais connue dans l'un des cabarets de New York où elle chantait. Six mois plus tard, elle m'a téléphoné. Elle avait pris son barman la main dans le tiroir-caisse. Nos gosses étaient presque dans la même classe, et ma femme voulait quitter la ville. Je suis toujours resté ici depuis. »

Du coin de l'œil, Sterling aperçut Billy et Nor qui s'apprêtaient à passer le seuil de la porte. Je ne fais pas mon boulot correctement, se reprocha-t-il en s'élançant à leur suite tandis qu'ils se dirigeaient vers le parking.

Il ne fut pas surpris de les voir monter dans un de ces petits vans. C'est sans doute le genre de voiture en vogue ces temps-ci. Il sourit au souvenir de Marissa pénétrant rapidement dans la quatre places classique de Roy. Comme tous les enfants, elle détestait que ses camarades de classe l'associent à quelque chose de « nul ».

Il se glissa sur le siège arrière au moment où Billy tournait la clé de contact, puis regarda par-dessus son épaule les caisses qui renfermaient probablement leur matériel. Sterling eut un petit rire intérieur. S'ils savaient qu'ils ont « un groupie » sur le siège arrière.

S'installant confortablement, il allongea ses jambes, content de ne pas se retrouver coincé entre deux sièges pour bébés. Il se rendit compte qu'il attendait la soirée avec impatience. À la réception qui avait précédé son ultime partie de golf, ils avaient passé des disques de Buddy Holly et Doris Day. Ce serait amusant si Nor et Billy chantaient comme eux.

La voiture s'engagea dans les rues enneigées de Madison Village. On croirait une lithographie de Currier & Ives, se dit Sterling en contemplant les maisons bien entretenues, beaucoup d'entre elles plaisamment illuminées pour les fêtes. Des branches de sapin entremêlées de houx aux baies rouges égayaient les portes d'entrée. Derrière les fenêtres étincelaient les arbres de Noël joyeusement décorés.

Sur une pelouse, la vue d'une magnifique crèche avec ses personnages délicatement sculptés amena sur ses lèvres un sourire pensif.

Ils dépassèrent ensuite une maison devant laquelle caracolaient une douzaine d'anges de plastique grandeur nature. L'ange sévère qui monte la garde à la porte de la salle du Conseil céleste devrait voir cette monstruosité, songea Sterling.

Il eut un rapide aperçu du Long Island Sound. J'ai toujours aimé la côte nord de l'île, songea-t-il en haussant le cou pour avoir une meilleure vue sur la mer, mais c'était beaucoup moins construit de mon temps. Les routes étaient à peine encombrées lorsque j'étais encore sur terre.

À l'avant de la voiture, Nor et Billy riaient des tentatives désespérées de Marissa pour les accompagner et visiter l'intérieur de la grande maison.

« C'est une sacrée gamine, dit fièrement Billy. Elle tient de toi, maman. Elle n'a pas les yeux dans sa poche, ne veut rien rater. »

Nor rit.

« Je préfère appeler ça un vif intérêt pour ce qui l'entoure. C'est une preuve de son intelligence. »

À ces mots, Sterling sentit son moral flancher. Il savait que leurs vies allaient changer et qu'ils seraient bientôt séparés de cette enfant qui était le centre de leur existence.

Si seulement il avait le pouvoir d'arrêter le cours des choses.

Chaque fois que Junior et Eddie Badgett donnaient une réception dans leur demeure, Junior était à cran. Nous y voilà, pensa Charlie Santoli en suivant les deux frères. Junior, la batte de baseball, selon la comparaison chère à l'avocat, portait sur le monde un regard glacé. Eddie, la boule de bowling, était larmoyant dès qu'il parlait de Mama, dur comme la pierre pour tout le reste.

Autour d'eux régnait l'habituelle agitation précédant une réception. Les fleuristes s'affairaient, disposaient des bouquets de Noël dans toute la maison. Le traiteur et son équipe installaient le buffet. Jewel, vingt-deux ans, la petite amie de Junior, allait et venait en trébuchant sur ses talons aiguilles, jouant la mouche du coche. Les gardes du corps de Junior et d'Eddie, à l'étroit dans leur smoking, se tenaient côte à côte, en bons gangsters qu'ils étaient.

Avant de quitter la maison, Charlie avait dû écouter un énième sermon de sa femme à propos des frères Badgett.

« Charlie, c'est une paire d'escrocs, lui avait-elle dit. Tout le monde le sait. Tu devrais leur annoncer que tu ne veux plus être leur avocat. Peu importe qu'ils aient ajouté une aile à la résidence pour personnes âgées ! Ce n'est pas avec leur argent qu'ils l'ont fait. Écoute, il y a dix ans déjà, je t'avais dit de ne pas te mêler de leurs histoires. M'as-tu écoutée ? Non ! Tu auras de la chance si tu ne finis pas dans la malle d'une voiture, ou au fond de la rivière. Laisse-les tomber. Tu as gagné assez d'argent. Tu as soixante-deux ans, et tu es tellement nerveux que tu passes la nuit à te tourner et te retourner dans le lit. Je veux que tes petits-enfants te connaissent en chair et en os, et non qu'ils embrassent ta photo avant de s'endormir. »

Comment expliquer à Marge qu'il était pris au piège ? Au début, il avait eu l'intention de s'occuper uniquement des affaires légales des frères Badgett. Malheureusement, il avait appris qu'à fréquenter le diable on finissait par perdre son âme, et il avait souvent été contraint de suggérer à certains témoins à charge qu'il valait mieux – pour leur portefeuille comme pour leur santé – oublier certains faits. C'est ainsi qu'il avait pu empêcher les deux frères d'être inculpés pour nombre d'activités criminelles : délits d'usure, truquages de matchs de basket, paris illégaux, etc. En conséquence, refuser de faire ce qu'ils exigeaient de lui, ou essayer de cesser de travailler pour eux, était l'équivalent d'un suicide.

Aujourd'hui, grâce à l'ampleur de leur don à la résidence pour personnes âgées – une aile de deux millions de dollars offerte en l'honneur de leur mère –, ils étaient parvenus à réunir une liste prestigieuse d'invités pour commémorer le quatre-vingt-cinquième anniversaire de Mme Badgett, qui vivait à l'étranger. Seraient présents les sénateurs de New York, le délégué à la santé et à l'aide humanitaire, plusieurs maires et hiérarques divers, et le conseil d'administration de la résidence au grand complet. Ce dernier, à lui seul, comprenait quelques-uns des noms les plus réputés de Long Island.

En tout, une soixantaine d'invités, des personnalités susceptibles de donner aux frères l'aura de respectabilité après laquelle ils couraient.

Il était essentiel que tout se passe bien.

L'événement principal de la soirée se déroulerait dans le grand salon, pièce où l'on avait tenté de recréer l'atmosphère d'un palais français. Boiseries dorées tendues de panneaux de soie, chaises peintes, tables en bois de rose, tentures et rideaux de satin, tapisseries et, dominant le tout, la copie d'une gigantesque cheminée de marbre du dix-septième siècle, décorée d'une multitude de chérubins sculptés, de licornes et d'ananas. Junior avait expliqué que les ananas

« symbolisaient la chance », et il avait donné pour instructions au décorateur de s'assurer que lesdits ananas seraient représentés en quantité, et d'oublier la plupart des machins habituels.

Résultat, la pièce était un monument de mauvais goût, pensa Charlie, et il osait à peine imaginer la réaction de l'élite qui s'y rassemblerait ce soir.

La réception devait commencer à dix-sept heures et durer jusqu'à vingt heures. Un somptueux buffet serait servi. Pour l'ambiance, on avait engagé Billy Campbell, la star montante du rock, et sa mère, Nor Kelly, l'ancienne chanteuse de cabaret. Ils étaient très populaires sur la côte nord de Manhattan. Le point culminant de la soirée se situerait à dix-neuf heures trente, lorsque, via une liaison satellite du Kojaska, la mère des frères Badgett entendrait l'assemblée chanter « Happy Birthday Heddy-Anna ».

« Vous êtes certain qu'il y aura assez à manger ? » demandait Junior au traiteur.

Conrad Vogel écarta la question d'un sourire.

« Ne vous en faites pas, monsieur Badgett, vous avez commandé de quoi nourrir une armée.

— Je ne vous ai pas demandé de nourrir une armée. Je veux savoir si vous avez assez de vos plats de luxe. Si quelqu'un aime un truc en particulier et en bouffe des tonnes, faut pas que vous soyez obligé de lui dire qu'il n'en reste plus. »

Charlie Santoli vit le traiteur battre en retraite sous le regard glacé de Junior. On ne contrecarre pas Junior, mon vieux, pensa-t-il.

Le traiteur comprit le message.

« Monsieur Badgett, je vous assure que les mets que vous avez choisis sont extraordinaires et que vos invités seront extrêmement satisfaits.

— Ça vaut mieux pour vous.

— Et le gâteau de Mama ? demanda Eddie. Il faut qu'il soit parfait. »

Des gouttes de transpiration perlaient sur la lèvre supérieure de Vogel. « Confectionné spécialement par le plus grand pâtissier de New York. Leurs gâteaux sont si bons qu'une de leurs clientes les plus exigeantes les a commandés pour ses quatre mariages. Le chef pâtissier en personne est ici, au cas où son œuvre demanderait une légère retouche au sortir de l'emballage. »

Junior congédia le traiteur d'un geste et alla étudier le portrait de Mama Heddy-Anna, qui serait cérémonieusement présenté aux administrateurs de la résidence avant d'être exposé dans le hall de réception de la nouvelle aile. Il avait été peint par un artiste du Kojaska et richement encadré par une galerie new-yorkaise. Les instructions téléphoniques de Junior à l'artiste avaient été précises : « Que Mama soit aussi belle que dans la réalité. »

Charlie avait vu des photos de maman. Dieu

merci, la femme majestueuse du portrait, vêtue de velours noir et de perles, n'avait pas la moindre ressemblance avec l'une d'entre elles. L'artiste avait été généreusement récompensé pour ses services.

« Elle est très bien », admit Junior, la voix soudain adoucie. Mais sa satisfaction ne dura pas longtemps. « Où sont ces gens que je paye pour chanter ? Ils devraient être là. »

Jewel s'était approchée de lui par-derrière, glissant un bras autour du sien.

« Je viens de voir leur voiture s'arrêter dans l'allée, mon chéri. Ne t'inquiète pas. Ils sont bons, réellement bons.

— Ils ont intérêt. C'est toi qui me les as recommandés.

— Tu les as entendus chanter, mon amour. Te souviens-tu quand je t'ai emmené dîner Chez Nor ?

— Ouais, j'avais oublié. Ils sont O.K. Bon restaurant, bonne cuisine. Bien situé. Ça me dérangerait pas d'en être propriétaire. Allons jeter un coup d'œil au gâteau. »

Jewel à son bras – ses cheveux d'un roux éclatant dansaient autour de ses épaules, sa minijupe lui couvrait à peine le haut des cuisses –, Junior fit un dernier tour d'inspection à la cuisine. Le chef pâtissier, sa toque blanche royalement plantée sur le crâne, se tenait près d'un gâteau d'anniversaire, une pièce montée de cinq étages.

À leur approche, il eut un large sourire. « N'est-ce pas qu'il est magnifique ? demanda-t-il en embrassant le bout de ses doigts. Un chef-d'œuvre en sucre filé. Ma plus belle réussite. Un hommage mérité à votre mère bien-aimée. Et le goût. Divin ! Vos invités vont en savourer chaque bouchée. »

Junior et Eddie s'avancèrent pour admirer le chef-d'œuvre. Puis, d'une seule voix, ils s'écrièrent :

« Imbécile ! »

« Crétin ! »

« Abruti ! »

« C'est HEDDY-ANNA, non BETTY-ANNA, gronda Eddie d'un ton méprisant. Le nom de ma mère est *Heddy*-Anna ! »

Le chef pâtissier se rembrunit et fronça le nez d'un air incrédule :

« Heddy-Anna ? ? ?

— Comment osez-vous vous moquer du nom de maman ? » aboya Eddie, les yeux soudain remplis de larmes.

Faites qu'il n'arrive rien d'autre, pria Charlie Santoli. Ils perdront les pédales si quelque chose tourne mal.

Les quinze minutes de trajet entre son domicile de Syosset et la propriété des frères Badgett sur le Long Island Sound furent particulièrement éprouvantes pour Hans Kramer. Pourquoi diable leur ai-je emprunté de l'argent ? se demanda-t-il pour la centième fois en s'engageant sur le Long Island Expressway. Pourquoi n'ai-je pas mis simplement mon affaire en faillite ? J'en aurais définitivement terminé avec tous ces soucis.

Cadre dans une entreprise d'électronique, Hans, quarante-six ans, avait quitté son job deux ans plus tôt, encaissé son capital retraite, réalisé toutes ses économies, et hypothéqué sa maison pour créer sa propre start-up et promouvoir un logiciel informatique de son invention. Après un début prometteur et un afflux de commandes, l'industrie de la haute technologie s'était effondrée et les stocks s'étaient accumulés. Puis les annulations avaient commencé. En manque de liquidités, il avait emprunté auprès des frères

Badgett pour tenter de maintenir son affaire à flot. Malheureusement, ses efforts pour se redresser n'avaient pas été couronnés de succès.

Je n'ai aucun moyen de réunir les deux cent mille dollars que je leur ai empruntés, sans parler des intérêts de cinquante pour cent qui courent journellement, se désespérait-il.

C'était de la folie de m'adresser à eux. J'ai une gamme de produits excellents. Si seulement je pouvais tenir le coup quelque temps, je suis certain que la situation s'améliorerait. Je n'ai qu'une solution, convaincre les Badgett de reporter l'échéance.

Depuis le début de ses ennuis financiers, il y a un an, Hans avait perdu dix kilos. Ses cheveux châtains s'étaient striés de fils blancs. Il savait que sa femme, Lee, se faisait un sang d'encre à son sujet, encore qu'elle ne soupçonnât pas la gravité de la situation. Il ne lui avait pas parlé du prêt des Badgett, mais s'était contenté de lui dire qu'ils devaient réduire leur train de vie. Voilà pourquoi ils n'allaient presque plus au restaurant le soir.

La prochaine sortie de l'autoroute conduisait à la propriété des Badgett. Hans sentit ses paumes devenir moites. J'étais si confiant, si sûr de moi, se rappela-t-il en actionnant son clignotant. J'avais douze ans lorsque je suis arrivé ici. Je venais de Suisse et ne parlais pas un mot d'anglais. Je suis sorti du MIT parmi les premiers et j'ai cru que le monde m'appartenait. Et ce fut le cas pendant un certain temps. Je me croyais invincible.

Quelques instants plus tard, il atteignait les abords du manoir. La grille était ouverte. Il y avait une queue de voitures, qu'un garde dirigeait l'une après l'autre en bas d'une longue allée sinueuse. Apparemment, les Badgett recevaient.

Hans fut à la fois soulagé et déçu. Je vais téléphoner et laisser un message, pensa-t-il. Qui sait, peut-être m'accorderont-ils un délai supplémentaire.

En faisant demi-tour, il s'efforça d'ignorer la petite voix intérieure qui lui disait que des gens comme les Badgett n'accordaient jamais de délai.

Sterling, Nor et Billy pénétrèrent dans le manoir par la porte de service, à temps pour entendre les tombereaux d'insultes déversées sur le malheureux chef pâtissier. Toujours à l'affût d'un renseignement, Sterling se dirigea rapidement vers la cuisine et trouva le chef en train de changer à la hâte l'inscription portée sur le gâteau.

Il a dû se tromper d'âge, pensa-t-il. Il se souvint d'un anniversaire jadis, où la petite fille de la maison avait préparé un gâteau pour sa mère à qui elle voulait faire une surprise. Lorsqu'elle s'était avancée, portant fièrement son œuvre garnie de bougies allumées, sa mère avait eu un malaise. L'âge qu'elle avait si soigneusement dissimulé s'étalait en chiffres rose vif sur le bavarois à la vanille. Je me rappelle avoir pensé alors que ceux qui ne savent pas lire savent souvent compter. Pas très charitable de ma part.

L'erreur était heureusement facile à réparer.

Quelques arabesques sorties de son tube de crème suffirent au chef pour changer Betty-Anna en Heddy-Anna. Attirés par le tumulte, Nor et Billy étaient entrés à leur tour dans la cuisine.

« Fais gaffe de ne pas chanter "Joyeux anniversaire, Betty-Anna", murmura Nor à Billy.

— C'est tentant, mais je préfère sortir d'ici en vie. »

Sterling les suivit dans le salon. Nor effleura les touches du piano ; Billy sortit sa guitare de son étui et ils testèrent les micros et la sono.

Charlie Santoli avait été chargé de leur remettre la liste des chansons préférées des frères Badgett.

« Ils ne veulent pas vous entendre brailler à tue-tête, leur recommanda-t-il nerveusement.

— Nous sommes des musiciens. Nous ne braillons pas, répliqua Nor vertement.

— Mais au moment où la maman aura la liaison par satellite vous entonnerez *Joyeux Anniversaire* et il faudra y mettre du vôtre. »

La cloche sonna, annonçant l'arrivée des premiers invités.

Sterling avait toujours aimé la compagnie. Il observa les gens qui entraient. Il lui suffit d'écouter les propos échangés autour de lui pour comprendre qu'un grand nombre des invités étaient des personnalités importantes.

Sa première impression fut qu'ils étaient là

uniquement à cause des dons généreux dont avait bénéficié la résidence pour personnes âgées, et qu'après la réception ils seraient trop contents d'oublier les frères Badgett. La plupart s'étaient arrêtés pour admirer le tableau destiné à prendre place dans la nouvelle aile.

« Votre mère est une très belle femme », s'extasia la présidente du conseil d'administration de la résidence à la vue du portrait. « D'une rare élégance. Vient-elle souvent vous rendre visite ?

— Notre chère mère n'aime pas beaucoup voyager, lui répondit Junior.

— Elle est malade en bateau et en avion, se lamenta Eddy.

— Dans ce cas, je suppose que vous allez la voir au Kojaska », dit son interlocutrice.

Charlie Santoli les avait rejoints. « Bien sûr, chaque fois qu'ils le peuvent », dit-il d'un ton suave.

Sterling secoua la tête. Il ment.

Billy et Nor commencèrent leur show, immédiatement soutenus par une audience admirative. Nor était une excellente musicienne, dotée d'une voix chaude et rauque. Quant à Billy, il était exceptionnel. Se mêlant à la foule, Sterling écouta les commentaires qui s'échangeaient à voix basse.

« C'est un nouveau Billy Joel... »

« Il a tout pour devenir une star... »

« Il est si beau », disait d'un air pâmé la fille d'un membre du conseil d'administration.

« Billy, chantez-nous *Be There When I Awake*. »

La demande suscita une salve d'applaudissements.

Pinçant délicatement les cordes de sa guitare, Billy entonna : « *I know what I want... I know what I need.* »

C'est sans doute son grand succès, pensa Sterling. Même pour mes oreilles d'un autre âge, la mélodie est superbe.

Grâce à la musique, l'atmosphère se détendit. Les conversations allaient bon train, les verres se remplissaient des plus grands crus, les assiettes se chargeaient de mets aussi rares que succulents.

À dix-neuf heures quinze, les frères Badgett semblaient au comble de la satisfaction. Leur réception était une réussite. Ils avaient eu le succès qu'ils désiraient.

C'est alors que Junior s'empara du micro. Il s'éclaircit la voix : « Je voudrais vous souhaiter à tous la bienvenue ; mon frère et moi espérons que vous passez un bon moment. Nous sommes très honorés de votre présence ici, et extrêmement heureux de vous avoir donné de l'argent, je veux dire d'avoir fait ce don, pour la construction de la nouvelle aile de la résidence pour personnes âgées, qui sera baptisée l'aile

Mama Heddy-Anna en l'honneur du quatre-vingt-cinquième anniversaire de notre bien-aimée mère. Et à présent, par le miracle du satellite, depuis le village de Kizkek où mon frère et moi avons grandi, notre maman va nous apparaître. Elle a décidé de veiller tard afin d'être parmi nous car elle aussi se sent très honorée. Je vais donc vous demander de chanter ensemble *Joyeux Anniversaire* en son honneur. Notre magnifique Billy Campbell et sa mère, la merveilleuse Nor Kelly, vont nous donner l'exemple. »

Suivirent quelques applaudissements dispersés. Le gâteau d'anniversaire arriva sur son chariot, illuminé de bougies dorées. Un écran de trois mètres de haut descendit du plafond, et le visage de Mama Heddy-Anna apparut, l'emplissant tout entier.

Elle était assise dans un rocking-chair, l'air revêche, un verre à la main.

Les yeux d'Eddie se gonflèrent de larmes et Junior envoya des baisers en direction de l'écran tandis que les invités entonnaient docilement « Joyeux anniversaire Heddy-Anna » en kojaskan, suivant les indications phonétiques portées sur les feuillets qui leur avaient été distribués.

Les joues gonflées tels deux ballons rouges, la vieille dame souffla les bougies du gâteau que ses fils avaient envoyé par avion spécial au

Kojaska. À cet instant il devint malheureusement clair qu'elle avait passé les heures précédant son apparition à boire plus que de raison. Dans un anglais imparfait, elle se mit à jurer et se plaindre que ses fils ne venaient jamais la voir et qu'elle se sentait très mal en point.

Junior baissa rapidement le volume mais pas avant que l'assistance l'eût entendu crier : « Qu'est-ce que vous avez bien pu trafiquer qui vous empêche de rendre visite à votre vieille maman avant sa mort ? Pas une seule fois vous n'êtes venus pendant toutes ces années ! »

Billy et Nor se lancèrent immédiatement dans une nouvelle et entraînante interprétation de « Joyeux anniversaire Heddy-Anna ». Cette fois, cependant, personne ne les suivit et la liaison satellite s'interrompit sur la vision inoubliable de Mama faisant un pied de nez à sa progéniture et à leurs invités, tandis qu'elle était prise d'un hoquet irrépressible.

Le rire perçant de Jewel fusa dans la salle. « Mama n'a-t-elle pas un formidable sens de l'humour ? Je l'adore. »

Junior la fit taire d'un geste et s'élança hors de la pièce, Eddie sur ses talons.

Nor chuchota à Billy :

« C'est la catastrophe. Nous voilà bien. Ils nous ont dit de chanter *For She's a Jolly Good Fellow* pendant que les gens dégustaient le gâteau.

— Et d'enchaîner avec une sélection de chansons de la même veine.

— Nous ferions mieux d'aller leur demander ce qu'ils attendent de nous à présent. Je n'ai pas envie de jouer aux devinettes avec ces oiseaux-là », dit Nor en regardant la salle autour d'eux qui commençait à se vider.

Leur emboîtant le pas, Sterling eut le pressentiment d'un désastre imminent.

Ils virent Junior et Eddie disparaître dans une pièce au fond du vestibule.

Billy et Nor se hâtèrent à leur suite, puis Billy frappa à la porte qui venait de se refermer sur les deux frères. N'obtenant pas de réponse, la mère et le fils se consultèrent du regard. « Allons-y », murmura Nor.

Non, rentrez chez vous sans demander votre reste, les exhorta Sterling, mais il savait qu'ils ne pouvaient pas capter son conseil.

Billy tourna la poignée et ouvrit la porte avec précaution. Nor et lui s'avancèrent dans une petite pièce qui ressemblait à un salon de réception. Elle était déserte.

« Ils sont là », souffla Nor, désignant une porte entrebâillée dans le fond. « Peut-être ferions-nous mieux....

— Chut. Ils consultent leur répondeur. »

Une voix électronique annonçait : « Vous avez un nouveau message. »

Nor et Billy ne savaient quel parti adopter

quand la voix qui leur parvint depuis l'autre pièce les figea littéralement sur place.

L'homme qui implorait ses interlocuteurs semblait au désespoir. Il demandait « juste un petit délai » pour rembourser un prêt.

La machine s'arrêta avec un déclic et ils entendirent Junior hurler :

« Ton délai vient d'expirer à cette minute, mon vieux. Eddie, occupe-toi de ça. Dis aux gars d'aller foutre le feu à sa saloperie d'entrepôt, et illico. Je ne veux pas qu'il reste encore une pierre debout demain.

— Y'aura qu'un tas de cendres », lui assura Eddie, l'air réjoui, oubliant momentanément la chère Mama.

Billy mit un doigt sur ses lèvres. En silence, Nor et lui partirent sur la pointe des pieds et se hâtèrent de rejoindre le salon. « Rassemblons nos affaires, murmura Billy. Je préfère déguerpir. »

Ce qu'ils n'avaient pas remarqué, contrairement à Sterling, c'est que Charlie Santoli se tenait à l'autre extrémité du vestibule, et qu'il les avait vus sortir du salon de réception.

L'antichambre céleste grouillait de nouveaux arrivants qui regardaient autour d'eux, cherchant à se repérer. L'ange de service avait reçu l'ordre d'accrocher une grande pancarte NE PAS DÉRANGER à la porte de la salle d'audience. On avait vu à plusieurs reprises d'importantes personnalités peu habituées à attendre se précipiter pour demander un entretien alors que l'ange avait le dos tourné.

À l'intérieur de la salle, le Conseil céleste suivait les activités de Sterling avec un vif intérêt.

« Avez-vous noté sa déception lorsque Marissa ne s'est même pas rendu compte de sa présence dans le restaurant ? demanda la nonne. Il est resté interloqué.

— C'était l'une des premières leçons que nous voulions lui donner, déclara le moine. Au cours de sa vie, il est resté trop souvent indifférent aux autres. Il les croisait sans les voir.

— Croyez-vous que Mama Heddy-Anna va

bientôt débarquer dans notre antichambre ? demanda le berger. Elle a dit à ses fils qu'elle était quasi mourante. »

L'infirmière sourit.

« Elle a employé un truc vieux comme le monde pour forcer ses fils à venir la voir. En réalité, elle est solide comme un taureau.

— Je n'aimerais pas l'avoir dans l'arène en face de moi, fit le matador d'un ton pince-sans-rire.

— Cet avocat est dans de sales draps, dit la sainte indienne qui ressemblait à Pocahontas. S'il n'agit pas radicalement et vite, il ne faudra pas qu'il compte sur nous lorsque son heure viendra.

— Quant au pauvre Hans Kramer, il est au désespoir, fit remarquer à son tour la religieuse. Les frères Badgett sont sans pitié.

— Ils auraient dû être mis aux fers, proclama l'amiral.

— Vous avez entendu ? » La reine paraissait choquée. « Ils vont brûler l'entrepôt de ce malheureux. »

Hochant la tête, les saints restèrent silencieux, songeant tristement à l'inhumanité de l'homme à l'égard de l'homme.

Les voituriers s'affairaient pour avancer les limousines des invités qui sortaient tous en même temps de la maison. Sterling s'appuya contre une colonne de l'entrée, désireux d'entendre les réactions des hôtes des frères Badgett.

« C'était bizarre quand même !

— Rendez-leur leur argent. Je suis prête à donner deux millions de dollars pour cette aile, lança une douairière.

— Cela me rappelle le film *Balance maman hors du train*. Je parie que ces deux individus aimeraient en faire autant à cette heure, ricana un membre du conseil d'administration.

— En tout cas, le buffet était excellent, reconnut charitablement quelqu'un.

— Vous avez noté, j'espère, qu'ils n'ont pas mis les pieds au Kojaska depuis qu'ils ont quitté le pays. On peut se demander pourquoi.

— Nous avons eu notre compte de "Mama", me semble-t-il. »

Sterling entendit les deux sénateurs passer un

savon à leurs assistants tandis qu'ils quittaient les lieux. Ils s'inquiètent à l'idée de retrouver leurs noms demain dans la presse, cités parmi les invités des deux gangsters, pensa-t-il. S'ils savaient ce que Junior prépare contre ce pauvre diable. Il était impatient de se glisser dans la voiture de Nor et de Billy et d'écouter ce qu'ils avaient à raconter.

Un invité ayant visiblement éclusé autant de vodka que Mama d'alcool se mit à chanter : « Joyeux anniversaire Heddy-Anna » en kojaskan. Mais il avait perdu le feuillet portant les indications phonétiques et passa à l'anglais, suivi par plusieurs autres invités aussi éméchés que lui.

Sterling entendit un voiturier demander à quelqu'un si sa voiture était un quatre-quatre. Qu'est-ce que c'est encore ? s'étonna Sterling. Un moment plus tard, le voiturier amenait à son propriétaire un de ces véhicules tout-terrain qui semblaient à la mode. Voilà donc ce qu'était un quatre-quatre. Mais pour quelle raison leur donne-t-on ce nom ?

Le quatre-quatre de Billy, donc, était parqué derrière la maison. Pas question de les laisser partir sans moi, pensa Sterling. Deux minutes plus tard, lorsque Nor et Billy réapparurent, chargés de leur matériel, il était déjà installé sur le siège arrière.

L'inquiétude était peinte sur leurs visages.

Ils chargèrent la voiture en silence, montèrent à bord et rejoignirent la file des véhicules qui encombraient la longue allée.

Ils ne parlèrent pas avant d'avoir atteint la nationale. D'une voix étouffée, Nor demanda alors :

« Billy, crois-tu qu'ils étaient sérieux en parlant de brûler cet entrepôt ?

— Sûrement, mais, Dieu merci, ils ne savent pas que nous avons surpris leur conversation. »

Oh-oh, pensa Sterling. Leur avocat, ce dénommé Charlie Santoli, vous a vus sortir du bureau. S'il le raconte aux Badgett, mieux vaudra vous tenir à carreau.

« Je suis sûre d'avoir déjà entendu cette voix, celle du message », dit lentement Nor. « As-tu remarqué qu'il a dit "un dé-délai" pour "délai" ?

— Maintenant que tu le signales, en effet, acquiesça Billy. Sur le coup, j'ai pensé que le pauvre type était si nerveux qu'il en bafouillait presque.

— Non, ce n'était pas ça. Je crois qu'il bégaye naturellement. Et je pense qu'il est venu dîner au restaurant. Si seulement je me souvenais de lui, nous pourrions le prévenir.

— Dès que nous serons rentrés, j'appellerai la police, dit Billy. Je préfère ne pas utiliser le portable. »

Ils firent le reste du trajet en silence. Sur le siège arrière, Sterling partageait leur anxiété.

Il était presque vingt et une heures lorsqu'ils arrivèrent au restaurant. Les habitués des périodes de fête étaient tous là. Nor les salua rapidement à la ronde. Au même moment, Billy et elle aperçurent un de leurs vieux amis, l'inspecteur de police à la retraite Sean O'Brien, assis au bar.

Ils échangèrent un regard. « Je vais l'inviter à prendre un verre avec nous. Il saura nous conseiller », dit Billy.

Un sourire plaqué sur le visage, Nor alla s'asseoir à sa table habituelle, à l'entrée du restaurant. C'était son observatoire ; de là, elle pouvait contrôler la marche des opérations, réunir sa cour, accueillir ses clients. Sterling la rejoignit, choisissant le siège qu'il avait occupé quelques heures plus tôt.

Billy s'avança, accompagné de Sean O'Brien, un homme d'une soixantaine d'années, robuste, avec une masse de cheveux bruns grisonnants et un sourire chaleureux.

« Joyeux Noël, Nor », commença-t-il, mais il sentit tout de suite que quelque chose clochait. « Que se passe-t-il ? demanda-t-il sans détour, s'asseyant en même temps que Billy.

— Nous avons été engagés cet après-midi pour animer une réception donnée par les frères Badgett, commença Nor.

— Les frères Badgett ? »

O'Brien haussa les sourcils, puis les écouta

attentivement lui rapporter le message du répondeur et la réaction de Junior Badgett.

« Cette voix ne m'est pas inconnue, conclut Nor. Je suis certaine que cet homme est un de nos clients.

— Nor, ça fait deux ans que le FBI essaye de coincer ces deux zèbres. Mais ils leur glissent chaque fois entre les doigts comme des anguilles. Ce sont des truands de la pire espèce. Je ne serais pas surpris d'apprendre demain qu'un entrepôt a été incendié dans la nuit.

— Que peut-on faire pour tenter de les arrêter ? demanda Billy.

— Je peux alerter le FBI, mais ces types ont des réseaux partout. Nous savons pertinemment qu'ils sont présents à Las Vegas et à Los Angeles. Ce message pouvait provenir de n'importe où. Quelle que soit son origine, cela ne signifie pas que l'entrepôt se trouve dans le coin.

— Je n'imaginais pas que les Badgett étaient de telles ordures, dit Billy. Bien sûr, des rumeurs courent sur eux, mais ils ont des concessions d'automobiles et de bateaux...

— Ils possèdent une douzaine d'affaires parfaitement respectables, dit O'Brien. C'est ainsi qu'ils blanchissent leur fric. Je vais prévenir le FBI. Les fédéraux les mettront sous surveillance, mais ces types-là ne se salissent jamais les mains. »

Nor se frotta le front, l'air perplexe. « Un truc,

dans cette voix, m'a évoqué un souvenir. Attendez. » Elle fit signe à un serveur. « Sam, demande à Dennis de venir nous rejoindre. Occupe-toi du bar pendant ce temps. »

O'Brien la regarda.

« Nor, il est préférable que personne d'autre ne sache que vous avez été témoins de cette conversation.

— J'ai une totale confiance en Dennis », répliqua-t-elle.

Il y aura trop de monde à la table, se dit Sterling. Je vais me relever. Il devina qu'on allait lui retirer sa chaise et se dégagea d'un bond. Il n'avait nulle envie que Dennis s'assoie sur ses genoux.

« ... et, Dennis, je suis certaine d'avoir déjà entendu cette voix au restaurant », conclut Nor quelques minutes plus tard. « Il bégayait. Par nervosité sans doute, mais je me suis dit qu'il s'agissait peut-être d'un de ces types qui viennent parfois bavarder au bar avec toi. »

Dennis secoua la tête.

« Je ne vois pas qui ça pourrait être, Nor. Mais une chose est sûre, si ce salaud de Badgett était sérieux en parlant de brûler cet entrepôt, le malheureux qui lui téléphonait va passer un mau-mauvais quar-quart d'heure.

— Un tr-très mau-mauvais quart d'heure », renchérit Billy.

Ils éclatèrent d'un rire nerveux.

C'est leur façon de cacher leur anxiété, décréta Sterling. Si les frères Badgett sont aussi détestables que Sean O'Brien les décrit, et si Nor et Billy sont appelés à témoigner au sujet de cet appel... Pauvre petite Marissa. Elle était si heureuse.

O'Brien se leva.

« Je vais passer quelques coups de fil, dit-il. Nor, puis-je utiliser votre bureau ?

— Bien sûr.

— J'aimerais que vous m'accompagniez, Billy et vous. Que vous rapportiez mot pour mot ce que vous avez entendu.

— Je serai au bar », dit Dennis en repoussant sa chaise.

Si j'étais encore en vie, cette chaise m'aurait écrasé le gros orteil, ronchonna Sterling.

« Nor, j'espérais que tu chanterais avec Billy ce soir ! » s'écria un client assis à une table voisine. « Nous sommes venus spécialement pour vous entendre tous les deux.

— On va chanter, c'est promis », dit Nor en souriant. « Nous serons de retour dans un quart d'heure. »

Dans le bureau, O'Brien téléphona à son contact du FBI, puis Nor et Billy racontèrent ce qu'ils avaient entendu. Une fois la conversation terminée, Nor haussa les épaules. « Nous ne sommes pas plus avancés. À moins de me rappeler subitement qui est cet homme, je ne leur sers à rien. »

Le portable de Billy sonna.

« C'est Marissa », annonça-t-il en regardant s'afficher le nom de son correspondant sur l'appareil. Son expression préoccupée se dissipa. « Bonsoir, ma chérie... On vient juste de rentrer... Non, nous n'avons pas pu voir le bowling ni la piscine... Je ne trouve pas qu'ils ressemblent tellement aux Sopranos.

— Moi si, murmura Nor.

— Eh bien, nous avons fait notre numéro habituel... (Il rit.) Bien sûr nous avons été sensationnels. Ils ne voulaient plus nous laisser partir. Écoute, mon bébé, NorNor va te dire un petit bonsoir, puis tu iras te coucher. Je t'embrasse. »

Il passa l'appareil à Nor et se tourna vers O'Brien.

« Vous connaissez ma fille, Marissa, n'est-ce pas ?

— Bien sûr. Je pensais que c'était elle qui dirigeait cet endroit.

— C'est ce qu'elle croit. »

Nor dit bonsoir à Marissa et sourit pensivement en refermant le téléphone avant de le tendre à Billy. Elle regarda O'Brien. « Je me demande si ce malheureux qui implorait un délai supplémentaire pour rembourser son prêt a une famille à nourrir. »

Billy entoura les épaules de sa mère et la serra un court instant contre lui.

« Tu as l'air crevé, maman, et je suis navré de te le rappeler, mais ton public t'attend...

— Je sais. Allons-y. Laisse-moi seulement une minute pour me refaire une beauté. »

O'Brien fouilla dans sa poche. « Voici ma carte. Si vous avez une illumination, téléphonez-moi. À n'importe quel moment. Dennis aussi. »

Un peu plus tard, quand Nor et Billy commencèrent leur numéro, il ne restait plus une seule table de libre. Ils se produisirent deux fois, d'abord à vingt et une heures trente, puis à vingt-trois heures, pour la sortie des théâtres.

Ce sont de sacrés pros, dut admettre Sterling. Personne n'imaginerait qu'ils ont le moindre souci. Dès qu'elle eut fini son premier show, Nor s'éclipsa dans son bureau, les registres des réservations des deux dernières années sous le bras. Sterling se posta près d'elle pendant qu'elle les compulsait, articulant chaque nom à voix haute.

Elle s'arrêta à plusieurs reprises, répéta un nom, puis secoua la tête et poursuivit sa lecture. Elle espère que le nom de l'homme dont ils ont entendu la voix sur le répondeur va lui revenir subitement à la mémoire, pensa Sterling.

L'inquiétude qui creusait les traits de Nor grandissait au fur et à mesure de son énumération. Mais soudain, elle consulta sa montre, se leva de sa chaise, ouvrit son sac et en retira son poudrier. Quelques secondes lui suffirent pour appliquer une touche de blush sur ses joues, rectifier le maquillage de ses yeux et de ses lèvres. Puis elle retira le peigne orné de strass qui retenait ses cheveux et secoua la tête. Sterling regarda sa lourde chevelure se répandre sur ses épaules, admirant l'habileté avec laquelle elle la tordait en longues tresses qu'elle fixait à nouveau en un chignon sur le sommet de sa tête.

« Je ressemble à une poupée Barbie, dit-elle à voix haute, mais le spectacle doit continuer. »

Vous êtes superbe, eût aimé protester Sterling. Une vraie beauté. Et qui diable est cette Barbie ?

En quittant son bureau, Nor laissa échapper un soupir, puis elle entra dans la salle, tout sourires, s'arrêtant à chaque table, échangeant quelques mots avec ses clients.

L'endroit était plein à craquer, et il suffisait de voir Nor s'entretenir avec les uns et les autres pour comprendre que c'étaient tous des familiers, habitués à lui raconter leur vie. C'est vrai qu'elle est formidable, se dit Sterling. Il l'écouta demander des nouvelles de la mère de l'un, du fils d'un autre, des projets de vacances d'un troisième.

En tout cas, le Conseil céleste ne pourra pas lui reprocher d'être indifférente aux autres. Dommage que je n'en aie pas fait autant.

Billy était en conversation avec un couple à une table dans un coin. Sterling décida d'aller prêter une oreille et s'installa sur la seule chaise vacante. Pourvu que personne ne s'avise de nous rejoindre, pensa-t-il. Le sujet de l'entretien éveilla son attention. Ces gens étaient des dirigeants de la maison de disques Empire Records et proposaient à Billy de le prendre sous contrat.

L'homme disait :

« Je n'ai pas besoin de vous rappeler les artistes que nous avons révélés. Ça fait déjà un certain temps que nous vous avons remarqué, Billy, et vous êtes sacrément doué. Nous vous proposons un contrat pour deux disques.

— Je suis très flatté, c'est très chouette, monsieur Green, mais il faudra vous adresser à mon agent », répondit Billy en souriant.

Il ne veut pas leur montrer qu'il est aux anges. C'est le rêve de tout jeune chanteur d'être engagé par une maison de disques. Quelle journée !

Les derniers couche-tard quittèrent le restaurant à minuit et demi. Nor et Billy s'attardèrent au bar avec Dennis qui remettait de l'ordre. Nor lui tendit un verre.

« On dit que porter un toast avec un verre d'eau porte malheur, mais je cours le risque. À Billy et son nouveau contrat !

— Ton père aurait été bigrement fier, dit Dennis.

— C'est vrai qu'il l'aurait été. » Nor leva son verre. « À toi, Bill, où que tu sois là-haut. Ton garçon s'est bien débrouillé. »

Il faut absolument que je le rencontre, se dit Sterling. Il vit l'émotion voiler fugitivement leur regard à tous les trois. Billy avait plus ou moins l'âge de Marissa quand il avait perdu son père.

« Croisons les doigts pour que tout se passe bien, dit enfin Billy. Je ne veux pas m'emballer. Pas avant d'avoir entre les mains un contrat en bonne et due forme.

— Tu l'auras, affirma Nor. Mais, en tout cas, tu chanteras encore à Noël avec moi l'année prochaine.

— Entendu, maman, et gratuitement qui plus est !

— Il faudra engager un videur pour maîtriser la foule », déclara Dennis. Il plia une dernière serviette. « Bon, j'ai terminé. Nor, vous avez l'air vannée. Laissez-moi vous reconduire chez vous.

— Écoute, si j'habitais à un quart d'heure d'ici j'accepterais. Mais j'en ai pour trois minutes et je préfère prendre ma voiture. Je

94

peux en avoir besoin demain matin. Sois gentil, apporte-moi les registres des réservations. Je voudrais les examiner encore une fois. »

Elle déposa un baiser sur la joue de son fils.

« À demain.

— Bon. Je monte. Ne te plonge pas là-dedans ce soir, maman. Attends demain. »

Ils se regardèrent. « Je sais, dit Billy. Demain, il sera peut-être trop tard. »

Sterling regarda Billy se diriger vers l'escalier. C'était donc là qu'il habitait. Il doit avoir un appartement en haut. J'aimerais savoir à quoi ressemble la maison de Nor. Elle a dit qu'il lui fallait à peine trois minutes en voiture pour y aller. Ce n'est sans doute pas très loin à pied.

Sterling traversa une fois de plus le parking au pas de course, cette fois à la suite de Nor et de Dennis.

La température avait carrément chuté durant les dernières heures. Il leva la tête. Des nuages se formaient dans le ciel. Il huma l'air, une odeur de neige flottait dans l'atmosphère. Sterling faisait partie des gens qui préfèrent l'hiver à l'été. Annie me traitait de cinglé, se souvint-il. Le bonheur suprême pour elle, c'était une semaine au bord de la mer. Je me souviens que sa famille possédait une maison à Spring Lake.

La voiture de Nor était une imposante Mercedes. J'en avais une moi aussi, se rappela Sterling. Au fond, le modèle n'a pas tellement changé. Profitant du moment où Dennis déposait les registres de réservation à l'arrière et ouvrait la portière du conducteur pour Nor, Sterling se glissa sur le siège du passager à l'avant. *Je vais enfin avoir assez de place pour allonger mes jambes.*

Nor verrouilla la portière et boucla sa ceinture. Sterling s'étonna. *Ils font tous le même geste avant de démarrer. Peut-être y a-t-il une loi pour ça ?*

Il ajusta son feutre à bord roulé, souriant à la pensée que Marissa s'en moquerait dans un an.

Comme la voiture sortait du parking, il sursauta en entendant Nor murmurer : « Mama Heddy-Anna. Dieu nous protège ! »

Sterling se sentit vaguement coupable. *Nor se croyait seule et faisait partie des gens qui réfléchissent tout haut. C'était mon cas, mais je serais mort de honte si j'avais su qu'un intrus m'écoutait. La situation est différente. Si je suis là, c'est pour les aider.* Heureusement, Nor alluma la radio et écouta les nouvelles pendant le reste du trajet.

La maison de Nor était située au fond d'une impasse, au milieu d'un grand terrain. Dès le premier regard, Sterling eut l'impression qu'elle était faite pour elle. C'était probablement une ferme restaurée. L'extérieur était recouvert de bardeaux peints en blanc avec des volets noirs. La lumière était allumée dans la galerie, éclairant l'entrée d'un halo accueillant.

« Ouf ! qu'il fait bon se retrouver chez soi »,
soupira Nor.

À qui le dites-vous ! s'exclama Sterling à
voix haute. Il se mordit les lèvres. Dieu merci,
elle ne peut pas m'entendre, sinon elle aurait pu
avoir une attaque.

Je ne m'attarderai pas, se promit-il tandis que
Nor cherchait la clé dans son sac et sortait de la
voiture en prenant les registres sous son bras.

Sterling la suivit, admirant au passage les
buissons taillés, poudrés de neige.

Dès que Nor eut ouvert la porte, débranché
l'alarme et allumé la lumière, il comprit que
cette femme avait un goût parfait en matière
de décoration. Le rez-de-chaussée comprenait
une seule grande pièce aux murs blancs et au
parquet de bois sombre. Une cheminée au
foyer surélevé délimitait l'espace réservé au
séjour. Dans un angle, montant presque jusqu'au plafond, se dressait un arbre de Noël
décoré d'une multitude de minuscules ampoules
en forme de bougies. À l'exception des
branches basses qui portaient distinctement la
marque de Marissa : ornements de papier, guirlandes multicolores et bâtons de sucre d'orge.

Des divans profonds, des tapis persans, de
beaux meubles anciens et quelques tableaux
de maître meublaient le reste de la pièce. Le tout
donnait une impression de lumineuse sérénité.

« Une tasse de chocolat me fera le plus grand

bien », murmura Nor en ôtant vivement ses chaussures. Elle alla jusqu'au coin cuisine, déposa les registres sur la table, et ouvrit le réfrigérateur. Sterling en profita pour flâner dans la pièce, admirant les tableaux. Apparemment des toiles de grande valeur. Une scène de chasse anglaise retint son attention.

Jadis avocat de plusieurs familles dont il gérait la fortune, il avait acquis un certain flair en matière d'art. J'aurais pu devenir expert aux dires de mes clients, se souvint-il.

Il repéra l'escalier qui menait au premier étage et ne résista pas à la tentation d'aller visiter en douce le reste de la maison.

La chambre de Nor était de belles dimensions. Sur le bureau, la coiffeuse et les deux tables de chevet, plusieurs photos encadrées étaient exposées. Toutes étaient personnelles et beaucoup représentaient Nor dans sa jeunesse, la plupart en compagnie du père de Billy. Sterling aperçut aussi des portraits de Billy avec ses parents, à l'époque où il était encore bébé et plus tard. Il paraissait avoir six ou sept ans sur la dernière où on les voyait tous les trois ensemble.

Sterling jeta un coup d'œil dans la première des deux chambres attenantes. Elle était petite, mais confortable, avec l'aspect inoccupé d'une chambre d'amis.

L'autre était fermée. Sur le petit carreau de

faïence qui ornait la porte était inscrit : ROYAUME DE MARISSA. Sterling entra, le cœur soudain serré à la pensée du chagrin qui allait s'abattre sur l'enfant un an plus tard.

La chambre était exquise. Des meubles de rotin blanc. Un papier mural bleu et blanc. Une courtepointe et des rideaux blancs. Des rayonnages de livres pour enfants couvraient un mur et il y avait un petit bureau surmonté d'un tableau de liège.

Il entendit les pas de Nor dans l'escalier. Se souvenant qu'il avait trouvé la porte fermée, il la tira doucement, regarda Nor entrer dans sa chambre et s'en alla. Un moment plus tard, le col de velours de son Chesterfield relevé, son feutre enfoncé sur sa tête, Sterling marchait d'un pas vif le long de la route.

Il me reste plusieurs heures à tuer, se dit-il. Billy est sûrement en train de dormir. Je pourrais aller faire un tour chez Marissa. Le problème c'est que j'ignore où elle habite exactement et que je n'ai jamais eu le sens de l'orientation.

Les occupations ne lui avaient pas manqué jusqu'à maintenant. Tout le monde dormait à cette heure tardive, et il se sentait un peu solitaire tandis qu'il déambulait dans les rues désertes.

Il hésita à contacter le Conseil céleste. Ils vont peut-être décider que je ne suis pas à la hauteur de la situation. Et qu'arrivera-t-il alors ?

Qu'est-ce que c'est ?

Une feuille de papier tombait lentement du ciel en tournoyant. Elle atterrit à ses pieds. Sterling s'en empara, la déplia et alla se placer sous un réverbère pour la lire.

C'était un plan de la ville. La maison de Marissa ainsi que celle de Nor y étaient clairement indiquées. Une ligne en pointillé débutait à un point marqué : « Vous êtes ici. » Suivaient des indications précises — « parcourir quatre rues en direction de l'est », « tourner à gauche, puis à droite au bout de la rue » — qui le menaient jusqu'à la maison de Marissa. Une deuxième ligne en pointillé indiquait le chemin du retour au restaurant.

Sterling leva la tête, regarda le ciel, par-delà les étoiles et la lune. Merci. Je vous suis très reconnaissant, murmura-t-il.

Quelle que soit l'heure, Dennis Madigan lisait toujours le *New York Post* avant de s'endormir. Sa femme, Joan, avait depuis longtemps appris à dormir avec la lumière allumée.

Ce soir-là, pourtant, Dennis ne parvenait pas à se concentrer sur son journal. Apparemment, ni Nor ni Billy ne se rendaient compte du danger qu'ils couraient. Si les Badgett étaient aussi dangereux que Sean O'Brien le prétendait... Dennis secoua la tête. Lorsqu'il était barman à Manhattan, il avait entendu toutes sortes d'histoires sur des types de leur espèce. Et jamais rien de bon.

Un homme qui bégayait... ça ne lui évoquait rien du tout. Il tourna les pages du journal avec irritation. D'après Nor, il est possible que cet homme soit venu au restaurant. En tout cas, ce n'est pas un habitué, sinon je le connaîtrais.

« Un petit dé-délai », dit-il à voix haute.

Joan ouvrit les yeux.

« Qu'est-ce que tu racontes ?

— Rien. Excuse-moi, chérie. Rendors-toi.

— Facile à dire », grommela-t-elle en se tournant de l'autre côté.

Dennis continua à feuilleter le *Post* jusqu'à la section consacrée aux programmes télévisés et lut une critique humoristique d'une de ses émissions favorites.

Le sommeil le fuyant, bien qu'il fût trois heures du matin, il s'attaqua ensuite à la rubrique culinaire. Un article sur un nouveau restaurant dans le centre de Manhattan attira son attention. « Nous avons pris pour commencer une vichyssoise », commençait le journaliste.

L'endroit semble pas mal, pensa Dennis. Ça vaut le coup d'aller l'essayer. Joan et lui aimaient aller en ville et tester les restaurants qui venaient d'ouvrir.

Il resta les yeux rivés sur la page. *Vichyssoise*. Il se rappelait un serveur, un garçon qui aimait faire le malin et n'était pas resté longtemps chez Nor. Il le revoyait se moquant d'un client qui avait commandé une « v-vichyssoise » un jour et, quelque temps après, un « po-potage aux l-légumes ».

Comment diable se nommait ce client ? Je me souviens de lui. Sa femme et lui prenaient toujours un cocktail au bar avant le repas. Des gens sympa. Je n'ai pas pensé à lui sur le coup parce que son bégaiement était peu accentué, et qu'on ne l'a pas revu depuis longtemps.

Il se remémorait vaguement son visage. C'est quelqu'un du coin. Et il s'appelle... il s'appelle... un nom européen...

Hans Kramer !

C'est ça ! C'est son nom !

Dennis saisit le téléphone. Nor décrocha dès la première sonnerie.

« Nor, je crois que j'ai trouvé. Le type qui a laissé un message sur le répondeur, ne serait-ce pas Hans Kramer ?

— Hans Kramer, répéta-t-elle lentement. Ce nom ne me dit rien. Aucun souvenir.

— Réfléchissez, Nor. Il a commandé une "v-vichyssoise" un jour, et un "po-potage"...

— Bien sûr, tu as raison. »

Nor se redressa dans son lit. La carte de Sean O'Brien était appuyée contre la lampe de chevet. Elle s'en empara, sentant une poussée d'adrénaline l'envahir.

« Je sais que ce Kramer travaille dans l'informatique, Dennis. Peut-être possède-t-il un entrepôt. J'appelle tout de suite O'Brien. J'espère seulement qu'il n'est pas trop tard. »

Tout était calme et paisible aux abords de la maison de Marissa. Il faisait noir à l'intérieur, à l'exception d'une faible lueur provenant d'une fenêtre à l'étage.

Ma mère avait coutume de laisser la lumière allumée dans l'entrée, se remémora Sterling. Et elle laissait aussi la porte de ma chambre entrouverte. J'étais un petit poltron, pensa-t-il avec un sourire. Lumière ou pas, j'ai dormi avec mon ours jusqu'à l'âge de dix ans.

Il remarqua une plaque minuscule indiquant que la maison était équipée d'une alarme. Craignant qu'elle soit branchée, il s'introduisit à l'intérieur sans ouvrir la porte. Il avait le sentiment que le Conseil céleste préférait le voir se déplacer comme tout le monde, sauf cas de force majeure. Mais une chose était certaine : ils n'apprécieraient pas qu'il déclenche une alarme.

Il monta à l'étage sur la pointe des pieds, enjamba la barrière de sécurité qu'avait installée Roy, obligé de lever haut la jambe pour passer par-dessus. Il prend ses enfants pour des géants ou quoi ? bougonna Sterling en sentant le revers de son pantalon s'accrocher dans le haut de la barrière. Un instant plus tard, il s'étalait dans le couloir.

Il jeta un regard inquiet vers le plafond. Dieu soit loué, personne ne pouvait l'entendre ! Le feutre à bord roulé qu'il gardait vissé sur sa tête s'était envolé dans sa chute. Il se releva lentement, le dos un peu douloureux, ramassa son chapeau et reprit sa marche vers la chambre de Marissa.

C'était la dernière au bout du couloir. Toutes les portes étaient entrebâillées. Un léger ronflement provenait de la chambre des parents. En passant devant celle des jumeaux, il entendit l'un des garçons remuer. Sterling hésita, mais l'enfant parut se rendormir.

Les nuages s'étaient amoncelés, voilant la lune et les étoiles ; il restait malgré tout assez de clarté dans la chambre pour qu'il pût distinguer le visage de Marissa. Elle était pelotonnée dans son lit, ses cheveux répandus sur sa joue, les couvertures bordées autour d'elle.

Il avisa une pile de cartons dans un coin de la pièce, sans doute ses cadeaux de Noël. J'aimerais bien lui offrir quelque chose, songea Sterling.

Il s'assit dans le fauteuil où il prendrait place l'année suivante, quand il parlerait à Marissa

pour la première fois. Il contempla son visage.
On dirait un ange, pensa-t-il avec tendresse. Si
seulement je pouvais lui éviter tous les boule-
versements qui vont survenir dans sa vie et la
faire souffrir. Si seulement j'avais le pouvoir de
préserver son univers. Mais c'est exclu. L'année
prochaine, je ferai mon possible pour qu'elle
retrouve son monde de petite fille heureuse. Par
tous les moyens, se promit-il.

Et pas uniquement parce que je veux entrer
au paradis. Je désire sincèrement l'aider. Elle
semble si menue, si vulnérable. Comment croire
que c'est la même fillette qui voulait faire la loi
au restaurant tout à l'heure, et qui, ensuite, n'a
eu de cesse qu'on lui raconte ce qui s'était passé
à la réception ? Avec un soupir, Sterling se leva
et sortit de la pièce. En descendant l'escalier,
il entendit l'un des jumeaux pleurnicher. Le
second se joindrait bientôt à lui.

Heureusement que ces deux-là n'ont pas
besoin de moi, pensa Sterling. Un instant plus
tard, il vit Roy sortir dans le couloir d'un pas
mal assuré et pénétrer dans la chambre de ses
fils. « Chut, papa est là, papa est là », murmura-
t-il.

Les temps ont changé. Mes amis faisaient la
sourde oreille lorsque leurs enfants se mettaient
à hurler au milieu de la nuit.

J'étais enfant unique, se souvint-il. Mes
parents avaient tous les deux quarante ans

quand je suis né. Et je suis devenu le centre de leur univers. Ils sont montés au ciel bien avant que je n'échoue dans l'antichambre céleste. Je serai content de les revoir eux aussi.

Sterling consulta son plan avant de quitter la maison, puis reprit le chemin du restaurant de Nor. Alors qu'il marchait le long des rues paisibles de la petite ville, il se sentit soudain gagné par un sentiment d'urgence. Il n'y avait aucun indice de feu dans les environs et, pourtant, il sentait distinctement une odeur de fumée.

Ils l'ont fait ! Ils viennent de mettre le feu à l'entrepôt.

Sean O'Brien avait passé vingt ans dans la police du comté de Nassau. Pendant toutes ces années, il avait appris à attendre les appels nocturnes qui le prévenaient d'un rebondissement important dans une affaire.

Quand il entendit le téléphone sonner à trois heures et demie, il se réveilla tout de suite et saisit le récepteur. Comme il l'espérait, c'était Nor.

« Sean, je viens de m'entretenir avec Dennis. Il croit avoir trouvé qui a laissé le message sur le répondeur des Badgett et je suis convaincue qu'il a raison.

— Qui est-ce ?

— Un dénommé Hans Kramer. Il habite à Syosset. Il est propriétaire d'une petite société d'informatique. Il vient au restaurant de temps à autre.

— Très bien, Nor. Je m'en occupe. »

Complètement réveillé à présent, Sean s'assit au bord du lit. Il était seul dans la pièce. Sa femme, Kate, était infirmière de nuit dans le service pédiatrique de l'hôpital.

Il appela d'abord le poste de police de Syosset. Il y avait une chance pour qu'ils connaissent Kramer.

En effet. Nick Ammaratto, le lieutenant de garde, lui fournit tous les renseignements voulus.

« Un type bien. Il vit ici depuis vingt ans. Il a fait partie du comité d'urbanisme pendant un certain temps. Puis de la Croix-Rouge. Il a sa propre société d'informatique.

— Est-ce qu'il possède un entrepôt ?

— Oui. Il a acheté un terrain non loin de l'autoroute dans une zone surtout occupée par des motels de deuxième catégorie. Il a fait construire un ensemble de bâtiments comportant des bureaux et un entrepôt.

— On m'a averti qu'ils risquaient d'être incendiés sur ordre des frères Badgett. Une histoire d'échéance non respectée.

— Nom de Dieu ! On y fonce. Je vais prévenir les pompiers et les démineurs.

— Je préviens le FBI. Je rappellerai plus tard.

— Une minute, Sean. Il y a un flash d'information spécial à la radio. »

Avant qu'Ammaratto ne reprenne la communication, Sean avait compris qu'il était trop tard. Les bâtiments de Kramer étaient déjà en flammes.

Hans Kramer reçut l'appel de son entreprise de surveillance à trois heures quarante-trois. Les détecteurs de fumée de l'entrepôt avaient été activés. Les pompiers étaient en route.

Désespérés, sans dire un mot, Hans et sa femme, Lee, s'habillèrent à la hâte, enfilant jean, tennis et pardessus, puis coururent vers leur voiture.

J'ai dû réduire la couverture de mon assurance, pensa Hans atterré. J'étais dans l'incapacité de payer les primes. Si les pompiers ne parviennent pas à sauver le bâtiment, que vais-je devenir ?

Une brusque douleur lui envahit la poitrine. Bien qu'il fît à peine chaud dans la voiture, il ruisselait de sueur.

« Hans, tu trembles, s'inquiéta Lee. Même si les choses tournent mal, nous nous en tirerons. Je te promets que nous nous en tirerons.

— Lee, tu ne comprends pas. J'ai emprunté de l'argent, de très grosses sommes d'argent.

J'ai cru que je pourrais rembourser. J'étais sûr que les affaires allaient reprendre. »

La route était presque déserte. Il appuya sur l'accélérateur et la voiture bondit en avant.

« Hans, le docteur t'a prévenu. Ton dernier check-up n'était pas fameux. Calme-toi. »

Je leur dois deux cent mille dollars y compris les intérêts de cinquante pour cent, pensa Hans. Je ne suis pas assuré pour beaucoup plus. L'entrepôt vaut trois millions, mais je ne pouvais l'assurer complètement. Il va me rester juste de quoi rembourser l'emprunt...

Comme ils s'engageaient dans la rue qui menait aux bâtiments, Hans et Lee ne purent retenir un cri d'angoisse. Au loin s'élevaient des flammes furieuses qui déchiraient l'obscurité, un brasier autour duquel tourbillonnaient d'épais nuages de fumée.

« Oh, mon Dieu ! » gémit Lee.

Frappé de stupeur, Hans resta interdit. *Ils* l'ont fait. Les Badgett. C'est leur réponse à ma demande.

Lorsque Hans et Lee arrivèrent sur les lieux, l'entrepôt était entouré de voitures de pompiers. Malgré les milliers de litres d'eau projetés par les lances, il était manifeste que l'incendie ne serait pas maîtrisé.

Au moment où il ouvrait la portière de sa voiture, une douleur fulgurante submergea Hans et il s'effondra dans l'allée.

Quelques instants plus tard, il sentit que l'on appliquait quelque chose sur son visage. Une secousse lui ébranla la poitrine, des mains robustes le soulevèrent. Étrangement, il se sentit soulagé.

Désormais, plus rien ne dépendait de lui.

De retour au restaurant, Sterling ne s'étonna pas de voir Nor descendre de sa voiture garée sur le parking. Était-elle au courant de l'incendie ?

Il suivit Nor à l'intérieur et monta en même temps qu'elle jusqu'à l'appartement de Billy, qui occupait tout le premier étage. Dennis était déjà là et Billy avait préparé du café. « Sean va nous rejoindre d'un instant à l'autre », dit Nor à Billy.

Qu'est-ce que j'ai manqué ? se demanda Sterling.

Tous les trois semblaient avoir été réveillés en sursaut.

Nor n'était pas maquillée. Ses cheveux étaient juste maintenus par un peigne et de longues mèches lui pendaient le long du visage et du cou. Elle portait un training bleu ciel et des tennis.

Billy était vêtu d'un jean, d'une chemise de coton froissée et de vieux mocassins. Il avait les yeux cernés et avait besoin de se raser.

Dennis, pour sa part, semblait avoir enfilé à la hâte un sweatshirt gris barré d'un Madison Village en lettres noires sur un pantalon de velours côtelé usagé.

« Sean a des choses capitales à nous dire », poursuivit Nor pendant que Billy versait le café dans les tasses.

Nor prend son café noir, Billy y ajoute une goutte de lait, et Dennis l'aime sucré, observa Sterling.

Nor les précéda jusqu'à la table de salle à manger.

De la chaise sur laquelle il avait pris place, Sterling jeta un coup d'œil dans la pièce. Un vrai refuge de célibataire où régnait un agréable désordre. Des chaussures de tennis traînaient sous la table basse encombrée de journaux. Le canapé et les fauteuils n'appartenaient à aucun style mais paraissaient confortables et accueillants.

Apparemment, c'était la pièce où Billy travaillait sa musique. Il y avait deux guitares appuyées contre le piano, et des partitions éparpillées sur le canapé.

Comme chez Nor, les décorations de l'arbre de Noël témoignaient des préférences de Marissa.

Un coup de sonnette à la porte les prévint de l'arrivée de Sean O'Brien. Billy appuya sur le bouton de l'interphone et l'attendit en haut de l'escalier.

Sean avait le visage grave. Il accepta d'un signe de tête le café que lui proposait Billy avant de s'asseoir avec eux et de leur donner des détails à propos de l'incendie.

« Les dégâts sont-ils importants ? demanda Nor.

— Très, répondit O'Brien. Hans Kramer est à l'hôpital. Il a été victime d'une crise cardiaque, mais devrait s'en tirer. »

Nor respira profondément.

« Mon Dieu !

— Son entrepôt est réduit à un tas de cendres, poursuivit O'Brien. Il ne reste absolument rien. Un boulot de spécialiste.

— C'est un acte criminel, n'est-ce pas ? » demanda Nor sans pourtant manifester d'émotion — elle connaissait déjà la réponse.

« Oui.

— Que va-t-il se passer à présent ? interrogea Billy.

— Les gars du FBI vont venir vous interroger. Ils ont besoin de vos dépositions. Votre témoignage incrimine directement les Badgett. Lorsque Kramer sera rétabli, nous recueillerons aussi sa déposition. Puis les fédéraux demanderont leur mise en accusation. Vous avez entendu Junior donner l'ordre de mettre le feu à l'entrepôt. Cette fois, les charges qui pèsent contre eux sont solides. Mais comprenez-moi, personne ne doit savoir que vous êtes témoins à charge. »

Billy et Nor échangèrent un regard.

« Je pense que nous comprenons, dit Billy.

— Moi aussi », renchérit Dennis.

Sterling secoua la tête. Restait l'avocat. L'avocat des Badgett, Charlie Santoli. Il a vu Billy et Nor sortir du bureau. Les Badgett étaient-ils déjà au courant ?

Le lundi matin à sept heures trente, Charlie Santoli pénétra dans la cuisine de sa maison de Little Neck, à Long Island. Sa femme, Marge, était déjà en train de préparer le petit déjeuner.

Les mains sur les hanches, le visage soucieux, elle l'inspecta de la tête aux pieds.

« On pourrait croire que tu ne t'es pas couché depuis une semaine », dit-elle d'un ton sévère.

Charlie éleva une main.

« Marge, ne recommence pas, s'il te plaît. Je vais bien. »

Marge, séduisante, la silhouette ronde, les cheveux châtains coiffés court, était le genre de femme qui ne laissait rien au hasard. Elle entretenait son apparence grâce à des visites hebdomadaires au salon de beauté local. Visites qui lui permettaient de laisser libre cours à son penchant pour le bavardage. Car, Charlie l'avait appris à ses dépens, Marge avait hérité de ses ancêtres irlandais le don de la parole. Rien ne pouvait l'empêcher d'avoir le premier *et* le dernier mot.

En cet instant, elle observait son mari, examinait les rides creusées autour de ses yeux, le pli tendu de sa bouche, le léger tressautement d'un muscle sur sa joue. Elle entonna son refrain habituel : « Tu as une mine épouvantable, et tout ça parce que ces deux salauds te font mener une vie infernale. »

Une sonnerie retentit. Marge se retourna et, de sa main protégée par un gant, retira du four un plateau de *corn muffins*. « As-tu dormi la nuit dernière ? »

Ai-je dormi ? se demanda Charlie. Il avait mal à la tête, son estomac était noué et agité de spasmes. Il haussa les épaules en guise de réponse.

La veille, quand il était rentré chez lui à vingt et une heures, Marge l'avait harcelé pour qu'il lui donne des détails sur la réception, mais il l'avait repoussée. « Marge, j'ai besoin de me reposer. »

Dieu soit loué, elle avait fini par le laisser en paix. Une obscure chaîne de télévision donnait un de ses vieux mélos préférés et elle s'était installée devant le poste, une boîte de Kleenex à côté d'elle, une tasse de thé sur la table basse, prête à pleurer à chaudes larmes.

Profitant de ce répit, Charlie s'était versé généreusement un verre de scotch et plongé dans la lecture de la presse.

Marge avait été terriblement déçue de rater la

réception des frères Badgett, en particulier l'apparition de Mama via le satellite. Elle en avait été empêchée par une réunion d'anciennes élèves de la St. Mary's Academy. Responsable de l'association, elle n'avait pas pu se décommander.

Marge plaça un muffin sur une assiette qu'elle déposa devant Charlie. « Ne reste pas debout comme ça, dit-elle. Assieds-toi et comporte-toi comme quelqu'un de normal. »

Il eût été vain de protester. Charlie tira docilement une chaise pendant qu'elle lui versait son café. Ses vitamines étaient déjà alignées près d'un verre de jus d'orange.

Si seulement il pouvait appeler les Badgett et leur dire qu'il ne mettrait plus jamais les pieds dans leur maison ni dans leur bureau. Si seulement il pouvait rester assis là, dans cette cuisine confortable avec Marge, et prendre un petit déjeuner tranquillement, sans plus jamais se préoccuper de ces maudits frères !

Marge se servit du café et tartina un muffin de confiture.

« Maintenant raconte, ordonna-t-elle. Qu'est-il arrivé au cours de cette soirée ? Quand je t'ai vu rentrer hier au soir, l'air déprimé, j'ai bien compris que la réception avait mal tourné. Le satellite n'a pas fonctionné ?

— Malheureusement, il a parfaitement fonctionné. »

Elle écarquilla les yeux.

« Comment ça, malheureusement ?

— Mama Heddy-Anna était complètement ivre. »

Charlie fit un récit complet de l'histoire, n'omettant rien, finissant par une description colorée de Mama Heddy-Anna en train de faire un pied de nez au gratin de la côte nord de Long Island.

Frustrée, Marge tapa du poing sur la table. « Quand je pense que j'ai raté un truc pareil ! Je me demande pourquoi je ne t'accompagne qu'à des soirées assommantes. »

Charlie termina son café. « Je peux t'assurer que *moi*, j'aurais préféré ne pas y assister ! Ces deux zèbres vont être d'une humeur de chien aujourd'hui. » Il fut sur le point de lui dire que tous les invités savaient désormais que les frères Badgett n'avaient pas remis les pieds au Kojaska depuis qu'ils l'avaient quitté, et de lui rapporter les propres paroles de Mama : « Qu'est-ce que vous avez bien pu trafiquer qui vous empêche de rendre visite à votre vieille maman avant sa mort ? »

Charlie n'avait jamais osé avouer à Marge qu'il était déjà trop impliqué dans leurs histoires quand il avait appris toute l'étendue de la situation au Kojaska. Junior et Eddie avaient été condamnés à la prison à vie par contumace pour une quantité de crimes auxquels Charlie ne voulait même pas penser. Ils ne pourraient jamais retourner là-bas, et lui ne pourrait jamais leur échapper.

Avec un sentiment proche du désespoir, il se leva, déposa un baiser sur les cheveux de Marge, décrocha son manteau dans la penderie, prit sa serviette et quitta la maison.

La société des frères Badgett se trouvait à Rosewood, à une quinzaine de minutes de leur propriété. Junior et Eddie étaient déjà sur place lorsque Charlie arriva. Ils se tenaient dans le bureau personnel de Junior et, curieusement, semblaient très bien disposés. Charlie s'était attendu à les trouver de mauvaise humeur, prêts à le rendre plus ou moins responsable du fiasco de la veille.

Pendant le trajet depuis Little Neck, il avait préparé sa défense : « Je vous ai suggéré la donation, la réception et la présentation du portrait. C'est vous qui avez eu l'idée de la liaison par satellite. »

Mais Charlie savait que c'était la dernière chose à leur dire. Insinuer que l'apparition de Mama n'avait pas été un succès les mettrait hors d'eux. Les deux frères avaient sans doute trouvé une autre raison pour expliquer le flop de la soirée.

Le spectacle. Ils ont dû décréter que Nor

Kelly et Billy Campbell n'avaient pas été à la hauteur et reprocher à Jewel de les avoir recommandés. Comme il s'engageait dans le parking de l'immeuble, il revit soudain la mine inquiète de Nor et de Billy la veille, au moment où ils sortaient de la pièce qui donnait dans le bureau de Junior.

Les Badgett ont probablement critiqué la manière dont ils ont chanté *Joyeux Anniversaire* en kojaskan, se dit Charles. La mort dans l'âme, il coupa le contact, sortit de la voiture et se dirigea d'un pas lourd vers le bâtiment. Dans le hall, il prit l'ascenseur jusqu'au troisième étage, entièrement occupé par les entreprises les plus respectables des frères Badgett.

La raison de cette réunion matinale était l'intérêt que portait Junior au rachat d'une concession automobile de Syosset qui commençait à menacer les bénéfices de sa propre société. Charlie marmonna un vague salut à Lil, la secrétaire de Junior, et attendit d'être annoncé. Combien de temps s'écoulerait-t-il avant que l'affaire ne soit conclue, avant que le concessionnaire ne s'aperçoive qu'il n'avait pas la possibilité de refuser ?

« Faites-le entrer. » La voix tonitruante de Junior résonna dans l'interphone après que la secrétaire lui eut annoncé la présence de Charlie.

La pièce avait été aménagée par le même décorateur qui avait fait du manoir de Syosset un véritable temple du mauvais goût. Vaste bureau double d'acajou verni au style tarabiscoté, papier mural à rayures dorées, moquette sombre ornée des initiales dorées des deux frères, lourds rideaux de soie et, exposée dans une vitrine, la reproduction miniature d'un village au bas de laquelle était inscrit sur une plaque de cuivre : LE VILLAGE DE NOTRE ENFANCE.

À gauche de la porte, un canapé et des fauteuils recouverts en simili peau de zèbre étaient rassemblés autour d'un écran de télévision qui occupait un pan entier de mur.

Les frères buvaient un café en regardant Channel 5. Junior fit signe à Charlie de s'approcher et lui désigna un siège. « C'est l'heure des nouvelles. Je veux voir ça. »

« Six heures après, l'incendie de l'entrepôt de Syosset fait toujours rage », commença le présentateur du journal. « Deux pompiers ont été intoxiqués par la fumée. Le propriétaire de l'entrepôt, Hans Kramer, a été victime d'une crise cardiaque sur les lieux mêmes du sinistre, et transporté à l'hôpital St. Francis où il est encore en réanimation... »

Apparurent alors des images tragiques du bâtiment en flammes, accompagnées, dans une fenêtre à droite de l'écran, d'une bande vidéo montrant un pompier qui faisait un massage cardio-respiratoire à Hans Kramer. Ce dernier était étendu sur une civière, un masque à oxygène sur le visage.

« Ça suffit, Eddie. Éteins. » Junior se leva. « Ça brûle encore, hein ? Tu parles d'un foutu incendie !

— Un court-circuit, je parie ! » Eddie secoua la tête. « C'est des choses qui arrivent, hein, Junior ? »

Hans Kramer. Charlie avait déjà entendu prononcer le nom de cet homme. Il était venu voir Junior récemment. Il faisait partie de ces malheureux qui bénéficiaient de « prêts privés » de la part des frères. C'étaient donc eux qui avaient fait ça ! Kramer n'avait pas remboursé dans les délais, et ils avaient mis le feu à ses bâtiments.

Ce n'était pas la première fois qu'ils agissaient ainsi. Si la police peut faire la preuve que Junior et Eddie sont d'une façon ou d'une autre impliqués dans cette histoire, ils risquent d'être à nouveau accusés d'incendie volontaire, réfléchit Charlie, évaluant rapidement la situation. Et si Kramer meurt, ils seront inculpés d'homicide.

Mais il sera impossible de remonter aux frères Badgett. Ils sont trop prudents. Les documents du prêt consenti à Kramer mentionnent un taux d'intérêt normal. Personne ne se doute que les cinquante pour cent d'intérêts sont déjà inclus dans le capital. Et, bien entendu, le type qui a mis le feu n'est pas un des truands qu'ils emploient habituellement. Ils ont passé un contrat avec un indépendant.

Par ailleurs, si un fait quelconque permet

d'établir un lien entre cet incendie et les Badgett, c'est à moi que reviendra de faire oublier aux témoins éventuels ce qu'ils savent ou croient savoir, conclut Charlie, désespéré.

« Hé, Charlie, pourquoi tu as cette tête d'enterrement ? demanda Junior. Il fait pourtant beau ce matin.

— C'est vrai qu'il fait beau, répéta Eddie en se levant.

— Et, comme le dit Jewel, Mama était rigolote comme tout sur le satellite, ajouta Junior. Elle a toujours aimé prendre un petit verre d'alcool. De toute façon, comme le dit aussi Jewel, tout le monde a trouvé Mama adorable.

— Ouais, renchérit Eddie, le regard embué.

— Et ces chanteurs étaient extra. Très bons. Vraiment très bons. »

Charlie n'avait pas vu Junior aussi bien luné depuis des mois. Jewel est moins bête que je ne pensais, décida-t-il. Si elle a pu convaincre ces deux-là que tout le monde a adoré Mama, chapeau !

« Je suis heureux que vous ayez apprécié Nor Kelly et Billy Campbell, dit-il. Ils semblaient tellement bouleversés quand je les ai vus s'éloigner de votre bureau l'autre soir. J'ai cru que vous leur aviez fait des critiques à propos de leur musique. »

Charlie perçut sur-le-champ un changement radical dans l'atmosphère. Junior fixa sur lui un regard froid, les yeux réduits à deux fentes, les joues soudain empourprées, les muscles de son cou tendus. « Qu'est-ce que tu dis ? » demanda-t-il d'un ton glacial.

Pris de panique, Charlie se tourna vers Eddie dont le visage poupin s'était subitement changé en un masque rigide. L'attendrissement suscité par l'évocation de Mama avait déserté son regard. Ses lèvres n'étaient plus qu'un trait gris barrant son visage.

« J'ai seulement dit... (sa voix s'étrangla)... que Nor Kelly et Billy Campbell avaient l'air un peu inquiets quand je les ai vus s'éloigner de votre bureau après la retransmission par satellite de...

— Pourquoi tu nous as pas dit qu'ils se trouvaient là ?

— Junior, il n'y avait aucune raison. Pourquoi l'aurais-je fait ? Je pensais que vous le saviez.

— Eddie, la porte de la réception était ouverte, hein ? demanda Junior.

— Ouais.

— Bon. Écoute, Charlie. Tu aurais dû nous dire qu'ils nous avaient suivis. Tu aurais dû savoir que c'était drôlement important pour nous. Maintenant il va falloir que tu rendes une petite visite à ces joyeux zozos. » Il marqua une pause significative. « Tu sais ce que je veux dire. »

Ils en ont terminé avec les questions, pensa Sterling en voyant Nor, Billy, Dennis et Sean serrer les mains des agents fédéraux. Il était onze heures. Pendant les deux heures précédentes, le FBI avait recueilli leurs dépositions. Nor et Billy avaient même dessiné précisément l'endroit où ils se tenaient dans la pièce au moment où ils avaient surpris la voix de Hans Kramer sur le répondeur et entendu Junior ordonner d'incendier l'entrepôt.

« Madame Kelly, êtes-vous certaine que les Badgett n'ont pas flairé votre présence dans la pièce attenante à leur bureau ? » demanda à nouveau Rich Meyers, l'inspecteur principal chargé de l'enquête, en ramassant sa serviette. « Comme je vous l'ai expliqué, s'ils avaient le moindre soupçon, vous auriez besoin d'une protection rapprochée dès aujourd'hui.

— Je ne pense pas qu'ils s'en soient aperçus. Sinon, si l'on en croit leur réputation, je suppose qu'ils auraient annulé leur ordre d'incendier les bâtiments. » Nor ajusta le peigne qui retenait ses cheveux. « La journée a été longue, j'ai l'impression qu'on m'a passée à la moulinette. »

Ma mère employait la même expression, se rappela Sterling.

« Si vous n'avez plus besoin de moi, continua Nor, je vais rentrer à la maison, me plonger dans le jacuzzi, et ensuite faire un somme.

— Je vous comprends, dit Meyers. Nous restons en contact avec vous. Entre-temps, ne changez rien à vos occupations habituelles. »

Plus facile à dire qu'à faire, marmonna Sterling. Malheureusement les choses vont prendre une autre tournure.

Sean O'Brien s'attarda quelques minutes après le départ de l'agent fédéral. « Je vous tiendrai au courant de la suite des opérations », promit-il.

« Dennis, tu devrais prendre un jour de congé, suggéra Nor. Sam peut s'occuper du bar.

— Et se mettre dans la poche tous les gros pourboires des périodes de fêtes ? Pas question. » Dennis bâilla. « Je ferais mieux d'aller préparer la salle. Il y a encore un groupe qui a retenu pour le déjeuner, Nor.

— Je n'ai pas oublié. Mais ils devront se passer de moi. À tout à l'heure. »

Lorsque la porte se fut refermée derrière Dennis, Billy dit :

« Les pourboires ? Tu parles. Il veut seulement être là au cas où nous aurions des problèmes.

— Je sais. Tâche de dormir un peu, Billy. Nous passons sur scène deux fois ce soir.

— Auparavant, il faut que j'écoute mes messages. J'avais prévu d'inviter deux copains à déjeuner cette semaine. »

Nor commença à enfiler son manteau.

« C'est d'avoir entendu le message de Hans Kramer qui nous a fichus dans ce pétrin. Si seulement nous avions pu empêcher l'incendie... Maintenant j'ai la frousse de témoigner contre ces deux types.

— Souviens-toi, ils ignorent que nous avons surpris leur conversation. »

Billy appuya sur la touche d'écoute des messages du répondeur.

Sterling fit une moue dubitative en pensant à Charlie Santoli. Peut-être ne mentionnera-t-il pas qu'il a vu Nor et Billy, espéra-t-il. Mais c'était un vœu pieux. Il connaissait la suite des événements, il savait que Charlie parlerait.

« Vous avez deux nouveaux messages », annonça la voix électronique.

Le premier émanait d'un ami qui organisait un déjeuner pour le lendemain. « Inutile de rappeler sauf si tu es déjà pris. » Le second appel venait d'Eli Greene, directeur musical de la maison de disques qui lui avait proposé un contrat la veille au soir.

« Billy, je vous préviens au dernier moment, mais Chip Holmes, un des managers de la boîte, débarque à New York à l'improviste. Il aimerait vous rencontrer aujourd'hui même. Il sera à l'hôtel Saint-Regis. Pouvez-vous nous rejoindre vers dix-sept heures trente ? Rappelez-moi. »

« J'ai toujours su que tu réussirais ! » s'exclama Nor lorsque le message s'interrompit. « Chip Holmes. C'est formidable, Billy. Cette compagnie est une des plus puissantes. Si tu plais à Chip, tu seras davantage qu'un chanteur promis à un bel avenir. Ils mettront un paquet de fric pour bâtir ta carrière.

— Ce que j'ai toujours recherché », dit Billy en tapotant du bout des doigts sur la table. « Je ne veux pas être un de ces prodiges qui n'ont qu'un seul disque à leur crédit. Tu sais mieux que moi combien d'entre eux ont connu un petit succès au début pour se retrouver chômeurs à trente-cinq ans. Soyons réalistes. Dans ce milieu, je ne suis plus de la première jeunesse.

— Je sais, mais c'est la porte ouverte au succès cette fois, le rassura Nor. Sur ce, je pars pour de bon. Et je te dis merde. Pour te porter chance. À ce soir. »

Arrivée à la porte, elle se retourna.

« Je me jure à chaque fois de t'épargner mes conseils, mais c'est plus fort que moi. Tu ferais mieux de partir en avance. Ça roule très mal en cette période de vacances.

— J'irai en train, dit Billy d'un air absent en prenant sa guitare.

— Tu as raison. »

Après le départ de Nor, Sterling s'installa confortablement dans un fauteuil club, les jambes étendues sur un pouf. S'accompagnant à la guitare, Billy commença à fredonner les paroles qu'il avait notées sur une feuille de papier.

C'est une nouvelle composition, pensa Sterling en l'écoutant. Le rythme est vif, avec une petite touche sentimentale très réussie. Ce garçon est vraiment doué.

Trois quarts d'heure plus tard, le téléphone sonna. Billy décrocha, écouta, puis dit nerveusement : « Vous appelez de la part de Badgett Enterprises ? À quel sujet ? »

Sterling se leva de son fauteuil et en deux enjambées se trouva à côté de Billy, l'oreille collée au récepteur.

À l'autre bout de la ligne, Charlie Santoni était dans son bureau, haïssant chaque mot qu'il s'obligeait à prononcer. « Je représente la société. La raison de mon appel est la suivante : les frères Badgett, vous le savez peut-être, soutiennent un vaste programme d'éducation au profit des enfants de la région. Ils ont beaucoup apprécié votre spectacle hier au soir, et ont appris par ailleurs que vous aviez une petite fille. »

Sterling vit des gouttes de transpiration perler sur le front de Billy.

« Qu'est-ce que ma fille vient faire dans cette histoire ?

— Il s'agit de son avenir. Les frères Badgett savent que la carrière d'un artiste est parfois incertaine. Ils aimeraient alimenter une bourse qui permettra à votre fille de fréquenter plus tard l'une des meilleures universités du pays.

— Pour quelle raison les futures études de ma fille les intéressent-elles ? demanda Billy, réfrénant la colère qui montait dans sa voix.

— Parce que des oreilles indiscrètes ont entendu certains propos tenus en plaisantant et que, si ces propos étaient rapportés, ils pourraient être pris au pied de la lettre. Les Badgett en seraient extrêmement fâchés.

— Êtes-vous en train de me menacer ? »

Bien sûr que je te menace, mon ami, pensa Charlie. C'est mon boulot. Il s'éclaircit la voix : « Ce que je vous propose donc, c'est que votre fille soit l'une des bénéficiaires d'une bourse de cent mille dollars. Junior et Eddie Badgett seraient ravis de vous voir accepter leur offre. Par ailleurs, ils trouveraient consternant que vous puissiez répéter des paroles susceptibles de prêter à confusion. »

Billy se leva brusquement. Le récepteur heurta la mâchoire de Sterling qui grimaça sous le choc.

« Écoutez, monsieur le représentant de Badgett Enterprises, ou je ne sais qui, vous direz à vos patrons que ma fille n'a pas besoin de leur bourse. Je prendrai soin de son éducation moi-même sans leur aide... En ce qui concerne les "propos tenus en plaisantant", je n'ai pas la moindre idée de ce que vous voulez dire. »

Il raccrocha violemment le récepteur, se laissa tomber sur le canapé, et serra les poings. « Ils savent que nous les avons entendus, dit-il tout haut. Bon Dieu, qu'allons-nous faire ? »

Le Conseil céleste suivait avec le plus grand intérêt les événements qui se déroulaient sur terre. L'appel téléphonique de Charlie Santoli avait suscité des réactions immédiates.

« Charlie Santoli ferait bien de se tenir à carreau », dit sèchement le moine.

Les yeux du berger étincelaient.

« Il ne faudra pas qu'il vienne pleurnicher chez nous lorsque son heure viendra.

— Il a donc oublié tout ce que nous lui avions enseigné à Saint-François-Xavier », fit tristement la religieuse.

L'expression de la reine était empreinte de sévérité.

« Il ferait mieux de se reprendre avant qu'il ne soit trop tard.

— Je suis sûre qu'il le désire de tout son cœur, dit timidement l'infirmière.

— Dans ce cas, madame, Charles Santoli doit changer de comportement et s'y mettre tout de suite, tonna l'amiral.

— Je pense que Sterling va tenter à nouveau de nous contacter », dit la sainte indienne qui s'était peu manifestée jusqu'alors. « Il agit avec humilité. Il veut avant tout accomplir son travail et n'hésite pas à demander de l'aide.

— Il s'est montré capable de compassion et d'amour », souligna le berger, d'un ton adouci. « J'ai été touché par son expression pendant qu'il regardait Marissa dormir. »

Sterling rattrapa Marissa au moment où elle rangeait ses patins dans leur sac et s'élançait vers la voiture. Laissant Billy se reposer, il avait décidé de faire un tour du côté de chez Marissa, il était désireux de voir ce qu'elle devenait.

Il arriva à temps pour monter dans la voiture de Roy au moment où ils partaient pour la patinoire. Les jumeaux les accompagnaient. Coincé entre leurs deux sièges, Sterling tentait désespérément d'esquiver les moulinets qui l'assaillaient des deux côtés. Il avait la mâchoire encore endolorie par le coup que lui avait décoché Billy avec le récepteur téléphonique ; or, à deux ans, Roy junior possédait un redoutable crochet du droit.

Mais ce sont malgré tout de gentils petits, dut-il admettre. C'est fascinant de les voir enregistrer tout ce qu'ils voient. Il est vrai que je n'avais ni frère ni sœur. Peut-être aurais-je été moins allergique aux enfants au cours de ma vie si j'en avais eu l'expérience. Il se souvint du jour où il avait été parrain à un baptême et où le bébé avait bavé sur son costume tout neuf.

À l'avant, Roy disait à Marissa : « Il paraît que tu vas faire une tarte aux pommes avec ta grand-mère aujourd'hui. »

En voilà une nouvelle excitante, pensa ironiquement Sterling, et il constata que Marissa avait la même réaction que lui. « Oui. Grand-mère est très gentille », dit-elle poliment.

Roy eut un sourire satisfait. « J'en prendrai au moins deux parts.

— Si tu veux, mais n'oublie pas que je dois en garder une pour papa et une autre pour Nor-Nor. »

Pas facile d'être beau-père, compatit Sterling. Marissa reste toujours sur la défensive avec lui. Si j'avais connu Roy un peu mieux quand je l'ai rencontré, je ne l'aurais pas si vite jugé insipide et ennuyeux. Mais c'est vrai qu'il conduit comme un escargot. Sterling ne pouvait blâmer Marissa de s'impatienter en silence : Accélère un peu. L'entraînement va commencer avant que nous soyons arrivés. C'est Nor tout craché, pensa Sterling.

Marissa attendit à peine que la voiture se fût arrêtée devant la patinoire. Elle remercia Roy de l'avoir accompagnée, l'embrassa sur la joue, et fit un petit salut en direction des jumeaux avant de se précipiter hors de la voiture.

Sterling enjamba le siège de Roy junior et vit

l'étonnement se peindre sur le visage de l'enfant. Il devine ma présence. Ils en ont tous les deux conscience. Les jeunes enfants ont une perception aiguë des phénomènes parapsychiques. Dommage que cette faculté se perde avec l'âge.

Il rattrapa Marissa et l'écouta bavarder avec animation avec ses camarades au bord de la patinoire.

Miss Carr était le professeur qu'il rencontrerait l'année suivante à la patinoire du Rockefeller Center. Elle donna un coup de sifflet et dix enfants, tous un peu plus âgés que Marissa, s'élancèrent sur la glace.

Certains patinaient avec talent, mais Marissa était tout bonnement éblouissante. Quelle brave petite, pensa Sterling en la voyant faire deux méchantes chutes, se relever, s'ébrouer et tenter à nouveau une pirouette puis un double salto.

Plus tard, lorsque les enfants eurent ôté leurs patins et remis leurs baskets ou leurs boots, l'une des filles s'approcha de Marissa.

« Ma sœur a reçu le disque de ton père pour Noël. Elle se demande s'il accepterait de le signer pour elle. »

Dissimulant mal sa fierté, Marissa prit néanmoins un air détaché pour répondre :

« Bien sûr. Mon père aime beaucoup donner des autographes à mes amies.

— Est-ce qu'il compose de nouvelles chansons en ce moment ?

138

— Il en écrit tout le temps.

— Est-ce que tu peux lui dire d'en écrire une spéciale pour nous ? »

Elle a sept ans, et elle aime tellement son père. Sterling soupira. Et elle en sera bientôt séparée. Bon, il faut que je parte. Il contempla un dernier instant le sourire lumineux de Marissa et quitta la patinoire.

Ajustant son éternel chapeau, il décida d'aller retrouver Billy chez lui. Il avait l'intention de l'accompagner à son rendez-vous, il était impatient de revoir Manhattan.

Je commence à connaître mon chemin dans Madison Village, se dit-il, tandis que ses pas faisaient crisser la neige, un bruit qu'il était seul à entendre. Il doit faire bon habiter dans le coin.

« Alors comment ça s'est passé avec le roucouleur ? » interrogea Eddie. Il se tenait debout derrière un Junior assis à son bureau, raide comme un piquet, tel un juge prêt à rendre sa sentence.

« Pas très bien. » Les mains de Charlie étaient moites de transpiration. Il s'efforça en vain de maîtriser le tremblement de sa voix. « J'ai parlé à Billy Campbell et lui ai offert cette fameuse bourse pour sa fille, je lui ai expliqué que vous trouveriez fâcheux que soient mal interprétés certains propos tenus en plaisantant.

— D'accord, passons, on sait par cœur ce que tu devais lui dire, s'impatienta Eddie. Alors, qu'a-t-il répondu ? »

Il n'y avait aucun moyen d'éluder la question.

« Il m'a prié de vous faire savoir qu'il paierait lui-même les études de sa fille ; il a ajouté qu'il n'avait pas la moindre idée de ce que signifiaient ces "propos tenus en plaisantant". Puis il m'a raccroché au nez. »

Charlie savait qu'il ne pouvait pas déformer les paroles de Billy, et que, s'il tentait de les atténuer, les frères Badgett lui attribueraient des arrière-pensées. Qu'Eddie posât ces questions indiquait qu'il allait franchir un pas supplémentaire, celui de la pression. Et si cela s'avérait insuffisant....

« Fous le camp, Charlie, ordonna Junior. Tu me rends malade. Tout ça est ta faute. »

Il consulta son frère du regard et hocha la tête.

Charlie quitta la pièce sans demander son reste. Ce soir, Nor Kelly et Billy Campbell recevraient un avertissement destiné à les réduire au silence. Pourvu qu'ils le prennent au sérieux, pria-t-il, l'air accablé.

Une fois de plus, il maudit le jour où, quinze ans plus tôt, les frères Badgett étaient entrés dans son bureau du Queens pour lui demander de les représenter dans l'achat d'une chaîne de teintureries. J'avais besoin d'argent, et je n'ai pas posé assez de questions à leur sujet. En vérité, je n'avais pas envie de connaître les réponses. Mais aujourd'hui, je les connais.

Une fois arrivée chez elle, Nor se prélassa dans son jacuzzi, se lava les cheveux, les sécha et, décidée à faire un somme, enfila un pyjama d'intérieur. C'est alors que l'appel de Billy réduisit à néant tout espoir de dormir.

La gorge nouée, elle écouta son fils lui rapporter sa conversation avec le « représentant de Badgett Enterprises ».

« J'ai appelé l'agent du FBI, Rich Meyers, et laissé un message. Puis j'ai téléphoné à Sean, mais il était sorti lui aussi. J'ai hésité à t'appeler, maman, je ne voulais pas t'inquiéter, mais il faut que tu sois au courant.

— Bien sûr. Billy, ces types ont donc appris que nous étions près de la porte de leur bureau. Peut-être y avait-il des caméras cachées.

— Peut-être. À moins que quelqu'un ne nous ait vus sortir de la pièce. »

Nor s'aperçut qu'elle tremblait.

« Sais-tu qui était au téléphone ?

— Il ne s'est pas nommé, mais à mon avis

c'est ce type qui nous a indiqué ce que nous devions chanter à la réception.

— Je me souviens de lui. L'air fuyant, nerveux.

— C'est ça. Écoute, il faut que je m'en aille. Je prends le train de quinze heures pour Manhattan.

— Billy, fais attention.

— Tu es plutôt censée me dire merde.

— C'est déjà fait.

— Exact. À plus tard, maman. »

Nor raccrocha machinalement. Billy n'avait pas paru attacher d'importance au fait que son interlocuteur avait mentionné Marissa. *Les Badgett vont-ils tenter de nous atteindre Billy et moi à travers Marissa ?* Nor sentit la panique la gagner.

Elle composa le numéro de Sean O'Brien, espérant de tout son cœur qu'elle pourrait le joindre. Il en savait beaucoup sur les Badgett. Peut-être serait-il à même de la conseiller, de lui dire à quoi il fallait s'attendre de leur part. *Nos dépositions sont déjà enregistrées,* pensa-t-elle. *Même si nous le voulions, comment pourrions-nous retirer ce que nous avons signé ?*

Elle connaissait la réponse. Non seulement ils ne le *pouvaient* pas, mais ils ne *voudraient* pas le faire.

Je mettais toujours un costume de ville pour aller à mes réunions d'affaires, se rappela Sterling en montant à la suite de Billy dans le train de quinze heures pour Manhattan.

Pour son rendez-vous avec les dirigeants d'Empire Records, Billy avait choisi un jean de coupe classique, une chemise ample bleu marine, des boots et une veste de cuir.

Je ne m'habituerai jamais aux nouvelles modes. Dans les années 1880, lorsque ma mère était jeune, elle portait des bottines à boutons, des capotes et des robes à la cheville, soupira Sterling, regrettant brusquement la sérénité qui régnait dans l'au-delà, où les soucis vestimentaires ne comptaient pas.

Il s'assit côté couloir près de Billy, qui, lui, était installé côté fenêtre. C'était ma place préférée lorsque nous voyagions en train, se souvint Sterling. Quand Annie et moi allions rendre visite à nos amis à Westport, je m'asseyais d'autorité près de la fenêtre, sans même me préoccuper de ses souhaits. C'est probablement ce que le Conseil céleste laissait entendre en parlant d'agressivité passive.

Il était clair que Billy était très inquiet. La tension qui s'exprimait dans son regard et sur son visage trahissait une profonde anxiété. Sterling le vit fermer les yeux. Il faudrait qu'il puisse se détendre un peu, pensa-t-il. Il a besoin d'être en forme pour son entretien avec Chip Holmes, le big boss de la compagnie.

Le train, un omnibus, mit quarante-cinq minutes pour gagner Jamaica, dans le Queens. De là, toujours suivi de Sterling, Bill prit le métro jusqu'à la Cinquante-neuvième Rue.

Nous avons plus d'une heure d'avance, constata Sterling en débouchant dans la rue. Le soir tombait. La circulation était dense, il y avait des décorations de Noël à toutes les fenêtres. J'espère que Billy va faire un peu de lèche-vitrine pour tuer le temps. Cela fait si longtemps que je ne me suis pas baladé dans ce quartier.

Tout était à la fois pareil et différent. Même les magasins. Bloomingdale's est inchangé. Mais qu'est donc devenu Alexander's ? J'aimais tant vivre dans cette ville. Elle est unique au monde.

Sterling suivit Billy jusqu'à Park Avenue. Les arbres sur le terre-plein central brillaient d'une multitude de petites lumières blanches. L'air était vif et clair. Sterling l'aspira avec délices bien qu'il n'eût aucun besoin de respirer. Une imperceptible odeur de sapin dans l'atmosphère lui remémora d'autres Noëls.

Ils se dirigèrent vers le bas de la ville et passèrent devant le 525 Park Avenue. Mon patron habitait ici, se rappela Sterling. Il m'invitait toujours avec Annie à sa réception du nouvel an. Je me demande ce qu'il est devenu. Je ne l'ai pas remarqué dans l'antichambre céleste et ne l'ai jamais vu passer devant la fenêtre.

C'est alors qu'il vit un vieillard appuyé sur une canne sortir en claudiquant de l'immeuble et dire au portier : « Mon chauffeur est en retard. Siffle-moi un taxi, fiston. »

Sterling resta interdit. Ça alors ! C'est lui, Josh Gaspero, mon patron. Il a au moins cent ans ! J'aimerais pouvoir le saluer, mais si je me fie aux apparences, je ne vais pas tarder à le voir arriver là-haut.

Pendant ce temps, Billy avait déjà parcouru la moitié du bloc, et Sterling se dépêcha à sa suite, non sans jeter à plusieurs reprises un coup d'œil par-dessus son épaule pour voir son ancien boss frapper impatiemment le trottoir de sa canne. Il n'a pas changé, pensa-t-il, attendri malgré lui.

Le Saint-Regis se trouvait dans la Cinquante-cinquième Rue, mais Billy continua son chemin dans Park Avenue. À la Cinquantième Rue, il tourna à droite et parcourut quelques blocs en direction du Rockefeller Center.

Me revoilà donc ici, pensa Sterling. L'un des plus beaux endroits de la ville pendant les fêtes de Noël. Je sais exactement où Billy va diriger ses pas. Cinq minutes plus tard, ils arrivaient devant le grand sapin décoré de milliers d'ampoules multicolores. Ils regardèrent la patinoire.

C'est là que tout a commencé. Sterling sourit. Ou plutôt que tout va commencer l'année prochaine. Ils contemplèrent les patineurs et écoutèrent la musique qui montait de la piste. C'est sans doute ici que Billy vient patiner avec Marissa. Un voile assombrissait l'expression du jeune homme, preuve que l'enfant était au cœur de ses pensées en ce moment même.

Billy se détourna de la patinoire et reprit sa marche. Sterling lui emboîta le pas, traversa avec lui la Cinquième Avenue, gravit les marches de la cathédrale Saint-Patrick. En pénétrant dans l'église majestueuse, Sterling se sentit envahi d'une profonde nostalgie. Il revoyait la joie et la paix qu'irradiaient les visages des bienheureux devant lesquels s'ouvraient les portes célestes. Inclinant la tête, il alla s'agenouiller près de Billy dans une chapelle latérale où le jeune homme venait d'allumer un cierge.

Il prie pour son avenir sur terre. Je prie pour le mien dans l'éternité. Pour me trouver au ciel ne serait-ce qu'une heure le jour de Noël... Sterling sentit les larmes lui monter aux yeux. « Je vous en supplie, mon Dieu, faites que j'accomplisse ma mission sur terre afin d'être enfin digne de vous. »

En quittant Saint-Patrick quelques minutes plus tard, Sterling se sentit empli d'un sentiment de gratitude et de regret. Pourquoi avait-il mis si longtemps à apprécier les bienfaits de la vie sur terre et le don de la vie éternelle ?

Lorsqu'ils pénétrèrent dans le Saint-Regis, Billy se dirigea vers le bar King Cole, s'assit à une petite table et commanda un Perrier.

Sterling regarda autour de lui. L'hôtel avait changé lui aussi. Mais la fresque de Maxfield Parrish derrière le bar était toujours à la même place. Heureusement, pensa-t-il. Je l'ai toujours beaucoup aimée.

Dix-sept heures allaient bientôt sonner. Le bar se remplissait. Je venais souvent ici en sortant du bureau, se souvint Sterling. Nous nous retrouvions entre amis, exactement comme le font ces gens aujourd'hui. Nous buvions un verre, bavardions, contents d'être ensemble. Voilà au moins une chose qui n'a pas changé.

Deux jeunes femmes assises à une table voisine jetaient vers Billy des regards en coulisse, mais il était trop absorbé pour les remarquer.

À dix-sept heures vingt-cinq, Sterling le vit se préparer à son rendez-vous. Il redressa les épaules, but une gorgée de Perrier, et garda les yeux fixés sur la porte. Dix minutes plus tard, quand apparut le directeur de la maison de disques suivi d'un homme chauve à la démarche rapide, Billy était l'image même de la séduction décontractée.

Ils allèrent s'installer à une table plus grande. Prenant un siège inoccupé, Sterling commença à étudier ses voisins. Il lui suffit d'un instant pour comprendre que Chip Holmes était le grand manitou de la maison de disques, alors qu'Eli Green dirigeait le bureau de New York.

Holmes était le genre d'homme qui n'y allait pas par quatre chemins. « Vous êtes un bon musicien, Billy, très bon. Vous avez un vrai talent de chanteur et une voix d'une qualité très particulière. Je pense que vous irez loin. »

C'est ce que j'ai toujours dit, pensa Sterling.

« Vous êtes très beau, aussi, ce qui ne gâche rien et n'est pas courant chez les hommes dans cette profession... »

Sterling admira l'attitude de Billy pendant la demi-heure que dura l'entretien. Parfaitement à son aise, il s'exprimait avec assurance et, tout en manifestant de l'intérêt, garda son sang-froid lorsque Holmes lui proposa un contrat substantiel assorti d'un réel soutien marketing.

« Vous ferez partie de l'équipe d'un de nos producteurs vedettes. Il désire commencer à travailler avec vous le plus vite possible. À la même époque, l'année prochaine, vous serez une star, Billy. »

La réunion se termina dans la bonne humeur

et Billy remercia chaleureusement ses interlocuteurs.

Bien joué, pensa Sterling. Pendant la discussion Billy était resté réservé, mais il savait à quel moment leur témoigner de la gratitude. Je connais ces types. Ils adorent jouer les faiseurs de rois.

Dans le hall, Billy vérifia l'heure de son train et consulta sa montre. Sterling comprit qu'il allait tenter d'attraper l'express qui partait de Jamaica à dix-huit heures cinquante. Un peu juste, mais le prochain était un omnibus.

Ils parcoururent au pas de course les sept blocs qui les séparaient de la Cinquante-neuvième Rue. Billy est sur son petit nuage, pensa Sterling. Je suis sûr qu'il a oublié les frères Badgett pour le moment.

Ils descendirent à la hâte l'escalier du métro et débouchèrent sur le quai bondé. Consultant à nouveau sa montre, Billy s'approcha du bord et se pencha, dans l'espoir de voir la lumière du prochain train émerger du tunnel.

Tout se produisit en un instant. Sterling vit un grand gaillard surgir de nulle part et, d'un coup dans le dos, pousser Billy qui trébucha, vacilla au-dessus de la voie. Horrifié, Sterling tenta de le retenir, sachant qu'il ne pourrait pas reprendre seul son équilibre, mais ses bras étaient impuissants à le saisir.

Le train entrait en trombe dans la station. Il

va tomber, pensa Sterling, désespéré. Une femme poussa un cri et, à ce moment précis, le même grand gaillard tira brusquement Billy en arrière avant de disparaître dans la foule en direction de la sortie.

Les portes s'ouvrirent. Encore sous le choc, Billy s'écarta pour laisser descendre les passagers qui en sortaient.

« Ça va ? lui demanda quelqu'un tandis qu'il montait dans le wagon.

— Oui, oui, tout va bien. »

Billy saisit la main courante près de la porte et la tint fermement.

Une vieille femme le sermonna.

« Vous avez eu une sacrée veine ! Vous n'auriez jamais dû vous approcher du bord comme ça.

— Je sais. C'était stupide de ma part. »

Billy se détourna, cherchant à reprendre son calme.

Ce n'était pas stupide, aurait voulu crier Sterling, consterné devant son impuissance à prévenir Billy. Il ne s'est pas rendu compte qu'on l'a poussé. Il y avait tellement de monde sur le quai qu'il croit avoir été bousculé par inadvertance et que quelqu'un l'a rattrapé à temps.

Sterling demeura près de Billy pendant que le métro fonçait en bringuebalant sur les rails. Ils atteignirent Jamaica à temps pour sauter dans le train de dix-huit heures cinquante.

Pendant tout le trajet jusqu'à Madison Village, une pensée ne cessa de tourmenter Sterling : ce qui était survenu sur le quai n'était pas fortuit. De quoi les frères Badgett seraient-ils capables la prochaine fois ?

Lee Kramer était seule dans la petite salle d'attente de l'hôpital réservée aux familles des patients en réanimation. À l'exception des brèves minutes durant lesquelles elle avait pu se tenir au chevet de Hans, elle était restée là, sans bouger, depuis son arrivée à l'hôpital.

Une crise cardiaque majeure. Les mots résonnaient encore dans son esprit. En vingt-deux ans, Hans n'avait jamais été malade, il n'avait même jamais attrapé un rhume.

Elle s'efforça de se raccrocher à l'espoir que lui avait laissé le médecin. Il lui avait dit que Hans était dans un état stationnaire. Il avait ajouté qu'il avait eu de la chance. La présence sur place des pompiers équipés de leur matériel de réanimation lui avait sauvé la vie.

Hans avait été soumis à trop de stress depuis deux ans, songea Lee. La vue de l'incendie avait fait le reste.

Elle leva la tête en entendant la porte s'ouvrir, puis détourna les yeux. Beaucoup d'amis étaient venus lui tenir compagnie pendant la journée, mais elle ne connaissait pas l'homme brun à l'air calme et posé qui venait d'entrer dans la pièce.

L'agent du FBI, Rich Meyers, s'était rendu à l'hôpital dans l'espoir de poser quelques questions à Hans Kramer. « C'est hors de question », lui avait dit fermement l'infirmière, mais elle avait mentionné que Mme Kramer se trouvait dans la salle d'attente.

« Madame Kramer ? »

Lee se retourna vivement.

« Oui ? »

La tension nerveuse se lisait sur son visage. Elle semblait avoir reçu un choc. Ses cheveux blonds coupés court, ses yeux bleus et son teint clair témoignaient de ses origines suisses.

Rich se nomma et lui tendit sa carte. Une expression alarmée apparut sur le visage de Lee.

« Le FBI ?

— Nous enquêtons sur l'incendie qui a détruit l'entrepôt appartenant à votre mari. Il est possible qu'il s'agisse d'un acte d'origine criminelle. »

Les yeux de Lee s'agrandirent.

« D'origine criminelle ? Qui aurait commis un tel acte ? Pour quelle raison ? »

Meyers prit place en face d'elle dans un fauteuil recouvert de plastique. « Êtes-vous au courant de prêts que votre mari aurait contractés ? »

Lee porta la main à sa bouche, et les pensées qu'elle ne cessait de remuer dans sa tête jaillirent tout à trac :

« Quand la situation a commencé à se dégrader, nous avons pris une deuxième hypothèque sur la maison. L'entrepôt est également hypothéqué, et il est assuré pour une somme moindre que sa valeur réelle. Hans était convaincu que les affaires allaient reprendre, qu'il lui suffisait de tenir le coup un peu plus longtemps. C'est un informaticien brillant. Le logiciel qu'il a développé aurait fait un malheur. » Sa voix s'étrangla : « À quoi bon tout ça maintenant ? Si seulement il pouvait se remettre...

— Madame Kramer, en plus des prêts hypothécaires, savez-vous si votre mari avait emprunté de l'argent ?

— Je n'en sais rien, mais ce matin, après avoir été prévenu de l'incendie, il a dit vaguement : "J'ai emprunté de grosses sommes d'argent..." »

Le visage de Meyers resta impassible.

« A-t-il mentionné auprès de qui il les avait empruntées ?

— Non, il n'a rien ajouté d'autre.

— Vous ignorez donc s'il a donné un coup de téléphone hier et laissé un message concernant le remboursement d'un prêt ?

— Je ne suis pas au courant. Mais il ne semblait pas dans son assiette.

— Madame Kramer, votre mari possède-t-il un téléphone portable ?

— Oui.

— Nous autorisez-vous à consulter le relevé de compte de son portable et celui du téléphone de votre domicile ? Nous aimerions vérifier s'il a passé un appel tard dans la soirée.

— Qui aurait-il pu appeler ?

— Certains individus qui n'accordent jamais de délais de remboursement. »

C'est le cœur horriblement serré que Lee posa la question suivante :

« Hans a-t-il des ennuis ?

— Avec la justice ? Non. Nous voulons seulement nous entretenir avec lui de ce prêt. » Meyers s'apprêta à partir. « Le médecin doit nous avertir dès qu'il sera possible de le voir.

— *Si* c'est possible », murmura Lee.

Charlie ne s'était pas attardé auprès des Badgett après s'être fait vertement reprocher son incapacité à acheter le silence de Billy Campbell. À seize heures, cependant, Junior le fit appeler à nouveau.

Il parcourut à la hâte le couloir qui menait aux bureaux que partageaient les deux frères. Leur fidèle secrétaire était à sa place habituelle. Charlie avait toujours pensé que Lil avait dû naître avec ce même visage buté. Aujourd'hui, la cinquantaine largement révolue, elle arborait en permanence une expression renfrognée. Pourtant, il éprouvait une certaine sympathie à son égard, et elle était sans doute la seule personne parmi les employés à ne pas craindre Junior.

Elle leva la tête, le regarda de derrière ses épaisses lunettes et fit un signe du pouce par-dessus son épaule, indiquant qu'il pouvait entrer. Puis de sa voix rauque de fumeuse invétérée, elle grommela : « L'humeur est un peu meilleure. » Elle marqua une pause. « Si vous voulez savoir, ça me fait ni chaud ni froid. »

Charlie savait que la remarque n'appelait pas de réaction de sa part. Il respira profondément et poussa la porte.

Junior et Eddie étaient affalés dans les fauteuils recouverts de peau de zèbre, un verre à la main. À la fin de la journée ils prenaient souvent un drink ensemble avant de monter dans leur somptueuse limousine et de rentrer chez eux. Si Charlie se trouvait là, ils lui proposaient de se servir au bar.

Rien de tel aujourd'hui. Ils ne lui offrirent ni de boire quelque chose ni de s'asseoir. Junior lui lança un regard froid.

« Au cas où Campbell deviendrait raisonnable, il faut que ce projet de bourses universitaires tienne la route. Tout le monde sait qu'on vient de refiler un paquet de fric aux vieux. À présent, on va s'occuper des gosses. Tu te chargeras des détails, Charlie. Trouve neuf mômes brillants dans la région, du même âge que la fille de Campbell. Je crois que ça ferait bien dans le paysage de leur offrir des bourses à eux aussi. »

Ils sont complètement à côté de la plaque, pensa Charlie. Hésitant, il suggéra :

« Peut-être vaudrait-il mieux choisir quelques enfants un peu plus âgés. Comment expliquerez-vous aux médias que vous voulez financer les études universitaires de dix écoliers du primaire, alors qu'il y a tant de lycéens qui ont un besoin immédiat de ces bourses ?

— C'est pas ça notre problème ! s'écria Eddie. Nous, nous voulons bâtir l'avenir. Et si Campbell est assez malin pour nous écouter, on inscrira sa gamine sur la liste.

— Marissa est une des meilleures élèves de sa classe, dit nonchalamment Junior en sectionnant l'extrémité de son cigare. C'est aussi une sacrément bonne patineuse, ajouta-t-il d'un air froid. Dégote-nous d'autres petits surdoués de son genre. »

Charlie sentit un pincement à l'estomac. *Une sacrément bonne patineuse.* Comment Junior en savait-il autant sur Marissa Campbell ?

« Sûr que si tu es incapable de persuader Billy Campbell de se rétracter, au cas où il aurait déjà rapporté notre petite plaisanterie, la bourse passera à la trappe, continua Junior. Je te retiens pas, Charlie. Je sais que tu es très occupé. »

De retour dans son propre bureau, Charlie tenta de se rassurer. Aussi mauvais qu'ils fussent, les individus de cet acabit ne s'attaquaient jamais à des enfants, même à ceux de leurs ennemis. Mais Junior et Eddie étaient... Il écarta cette pensée. Il ne pouvait souhaiter qu'une chose : que Billy Campbell se ravise et accepte la bourse.

Secouant la tête, il sortit le dossier concernant la concession automobile de Syosset que les Badgett voulaient acheter. Il avait eu l'intention d'examiner l'affaire en détail, mais il avait l'esprit trop troublé pour se concentrer. À dix-huit heures trente, il referma le dossier et se leva. Il enfilait son manteau et prenait sa serviette lorsque le téléphone sonna. Avec un soupir, il décrocha l'appareil.

Une voix basse et rauque qu'il ne reconnut pas prononça lentement : « Charlie, le boss m'a demandé de vous avertir que Billy Campbell a failli faire un plongeon sur les rails du métro, mais que je l'ai retenu à temps. »

Sans donner à Charlie le temps d'articuler un mot, la communication fut coupée.

Il reposa le récepteur et demeura immobile, comme pétrifié, à côté de son bureau. Depuis qu'il travaillait pour les Badgett, le pire qu'il ait dû commettre avait été d'intervenir auprès de témoins éventuels, voire de les acheter d'une façon ou d'une autre, comme il avait tenté de le faire avec Billy Campbell. Les choses n'avaient jamais été plus loin. On pourrait à juste titre l'accuser d'avoir influencé des témoins, mais, cette fois, c'était différent, et beaucoup plus grave. Ils veulent m'impliquer dans ce qui risque d'arriver à Billy Campbell et Nor Kelly, si je ne parviens pas à les convaincre de garder le silence. Je n'ai jamais vu Junior et Eddie aussi calmes et menaçants qu'aujourd'hui, se dit-il. Sans doute parce qu'ils sont inquiets.

Il referma la porte derrière lui et se dirigea vers l'ascenseur. Même si Billy Campbell et Nor Kelly acceptaient d'oublier ce qu'ils avaient entendu, cela suffirait-il à garantir leur sécurité ?

Charlie en doutait.

La soirée battait son plein chez Nor. Toutes les tables étaient occupées et il y avait affluence au bar. Nor s'entretenait avec des habitués. Intuitivement, elle se retourna à l'instant où Billy pénétrait dans la salle. Son visage s'éclaira et elle se hâta vers lui.

« Alors ? »

Billy lui répondit avec un large sourire :

« Ils m'ont proposé un contrat. Chip Holmes est emballé par "la qualité très particulière" de ma voix. »

Il imite parfaitement Chip Holmes, pensa Sterling. Il a piqué son intonation nasale.

Nor le serra dans ses bras.

« Oh, Billy, c'est merveilleux ! » Elle fit signe à un serveur : « Nick, nous avons quelque chose à fêter. Apporte-nous une bouteille de dom pérignon. »

J'en boirais volontiers une coupe, se dit Sterling en prenant sa place habituelle à la table de Nor, tandis qu'une quantité de souvenirs venaient l'assaillir. Son père et sa mère débouchant une bouteille de champagne pour son vingt-cinquième anniversaire... une autre, plus tard, pour célébrer son admission au barreau... et celle qu'avait apportée Annie un jour où ils étaient allés pique-niquer avec un couple d'amis dans le parc des Palisades, après avoir visité la maison de Roosevelt à Hyde Park.

Refoulant son accès de nostalgie, Sterling s'aperçut qu'il avait cessé de prêter attention à Billy et à Nor. Billy était certainement en train de raconter son entretien avec Holmes car il entendit Nor s'exclamer : « Billy, c'est fantastique ! Ta carrière est lancée ! »

Ni l'un ni l'autre n'avaient remarqué l'arrivée de Sean O'Brien. Ils sursautèrent en le voyant les rejoindre à leur table.

« Je regrette de ne pas être venu plus tôt, Nor, s'excusa-t-il. Qu'y a-t-il de nouveau ? »

Nor se tourna vers son fils.

« Billy, répète ce que t'a dit au téléphone ce type de Badgett Enterprises. »

Sterling vit l'expression de Sean O'Brien s'assombrir tandis que Billy lui rapportait l'offre d'une bourse d'études accordée à Marissa.

« J'ai refusé, un point c'est tout, conclut-il avec un haussement d'épaules.

— Avez-vous mis le FBI au courant de cet appel ? » demanda Sean.

Billy hocha la tête.

« Rich Meyers n'était pas dans son bureau. J'ai laissé un message.

— Il a rappelé ici vers dix-sept heures, dit Nor doucement. J'ai l'impression que pour lui il s'agit purement et simplement d'une menace déguisée. »

O'Brien avait pris un air sévère. « Écoutez, j'ai été inspecteur de police pendant trente ans, et j'en sais trop sur ce genre d'individus. La menace ne tardera pas à se matérialiser si vous paraissez l'ignorer. »

Billy, racontez à O'Brien ce qui vous est arrivé dans le métro, implora Sterling en silence.

« Je suppose donc que nous n'avons pas d'autre choix que d'attendre la suite des événements, dit Nor. Bon, parlons de choses plus gaies. Buvons à l'avenir de Billy ! » Elle se tourna vers lui. « Dépêche-toi. Nous passons sur scène dans quelques minutes. »

Billy se leva. « J'emporte ma coupe là-haut dans l'appartement. Je dois me changer et il faut que je téléphone à Marissa. Tu la connais. Elle sera heureuse d'apprendre la bonne nouvelle avant tout le monde. »

Je vais tenir compagnie à Nor, décida Sterling au moment où Dennis sortait de derrière le bar pour venir les rejoindre.

« Que fête-t-on avec tout ce champagne ? »

Sterling écouta Nor raconter avec entrain l'entretien de son fils avec le big boss de la maison de disques. Puis elle ajouta :

« Je me réjouis de ce contrat, mais je peux vous avouer que j'ai passé la journée à me faire un sang d'encre. Depuis que Billy a reçu ce coup de téléphone, je suis terrifiée à la pensée de ce que peuvent encore inventer les frères Badgett. Bon, c'est à mon tour d'aller me préparer. Restez-vous avec nous, Sean ?

— Un moment. Kate est de garde ce soir. »

Dennis se tourna vers Sean.

« Il faut que je retourne travailler. Venez donc vous asseoir au bar. »

Alors qu'ils quittaient tous la table, ils virent Billy qui dévalait l'escalier quatre à quatre, un extincteur sous le bras.

« Maman, ta voiture a pris feu ! s'écria-t-il. J'ai appelé police secours. »

La nouvelle de l'incendie se répandit dans la salle. Dennis saisit l'extincteur accroché derrière le bar. O'Brien et Sterling sur ses talons, il se rua dehors vers la voiture en flammes, unissant ses efforts à ceux de Billy pour maîtriser le feu.

Nor sortit à son tour du restaurant, suivie de plusieurs clients qu'elle tentait en vain de rassurer.

Peu après, des voitures de pompiers entrèrent en trombe dans le parking et ordre fut donné aux dîneurs de réintégrer le restaurant.

L'incendie fut maîtrisé en quelques minutes. La voiture de Nor était garée à son emplacement habituel près de l'entrée de service, à l'écart du reste du parking.

Tandis que ses hommes rangeaient leurs lances d'incendie, le capitaine des pompiers, Randy Coyne, accompagné d'un officier de la police de Madison Village, alla s'entretenir avec Nor, Billy, Dennis et O'Brien dans le bureau. Sterling les suivit.

« Nor, votre voiture est irrécupérable, mais on a évité le pire. Les autres véhicules sont intacts, et vous avez une sacrée veine que le restaurant n'ait pas été incendié lui aussi.

— Comment le feu a-t-il pris ?

— D'après l'odeur, la voiture a été aspergée d'essence. »

Le silence régna dans la pièce pendant un instant, puis O'Brien prit la parole :

« Randy, nous avons quelques soupçons concernant les types qui pourraient être à l'origine de tout ça, mais c'est au FBI de s'en occuper. Leurs gars enquêtent déjà sur des menaces téléphoniques dont Billy a été victime ce matin.

— Prévenez-les immédiatement, dit l'officier de police. Je vais demander de poster une voiture de surveillance dans le coin pendant la nuit.

— Et une autre devant la maison de Nor, dit fermement Sean O'Brien.

— Je serai rassurée de savoir qu'on veille sur moi », avoua Nor.

Sean se tourna vers elle.

« Un dernier conseil, Nor. Le mieux pour l'instant est de redescendre dans la salle et de vous occuper de vos clients comme d'habitude.

— J'aurais bien aimé rester pour vous entendre chanter, dit le capitaine des pompiers avec un sourire.

— Je vais me poster à l'extérieur en attendant qu'ils vous envoient une protection, madame Kelly », promit le policier.

Billy attendit qu'ils soient partis pour déclarer d'un ton neutre :

« Il m'est arrivé quelque chose de bizarre dans le métro aujourd'hui. J'ai d'abord cru que c'était ma faute, que j'avais fait preuve d'imprudence, mais... »

Sterling vit Nor, Dennis et O'Brien prendre un air de plus en plus atterré au fur et à mesure qu'il leur racontait son aventure.

« C'est le même type qui vous a d'abord poussé sur le bord du quai et ensuite rattrapé, affirma Sean d'un ton froid. C'est un stratagème bien connu. »

Le téléphone sonna. Billy décrocha, écouta un instant, et blêmit. Puis, sans prendre la peine de reposer l'appareil, il dit d'une voix blanche :

« C'est quelqu'un qui s'excuse de m'avoir bousculé sur le quai du métro. Il dit que la prochaine fois je devrais plutôt emprunter la voiture de ma mère pour aller à New York. »

Une semaine plus tard selon le calendrier terrestre, un instant pour l'éternité, Sterling demanda à être reçu par le Conseil céleste. Un entretien lui fut immédiatement accordé.

Sterling prit place sur une chaise en face de l'assemblée des saints.

« Vous semblez porter un lourd fardeau sur vos épaules, Sterling, fit remarquer le moine.

— C'est un lourd fardeau en effet, monsieur, reconnut Sterling. Comme vous le savez sans doute, les événements se sont précipités depuis la semaine dernière, après l'incendie de la voiture. Nor et Billy ont compris qu'ils devaient accepter de bénéficier d'une protection policière jusqu'au procès des frères Badgett. Ce dernier devrait avoir lieu dans un délai relativement bref.

— Et nous savons tous qu'il n'en sera pas ainsi, dit le berger.

— Est-ce que vous avez un plan de bataille ? questionna l'amiral.

— Oui, monsieur. J'aimerais traverser rapidement cette année terrestre. J'ai hâte d'arriver au jour de ma rencontre avec Marissa afin de pouvoir commencer à l'aider. Jusqu'à présent je suis resté impuissant. Je voudrais seulement avoir quelques aperçus de ce qu'il me faut connaître si je veux réunir Marissa, son père et sa grand-mère.

— Vous n'avez donc pas envie de passer une année entière sur terre ? »

La reine semblait amusée.

« Non, répondit fermement Sterling. Mon temps terrestre est derrière moi. Je suis impatient d'aider Marissa. Sa séparation d'avec Nor et Billy est très récente et elle est déjà toute triste.

— Nous l'avons remarqué, affirma doucement l'infirmière.

— Exposez-nous votre plan, dit la sainte indienne.

— Accordez-moi la liberté et le pouvoir de traverser l'année aussi rapidement que je le juge nécessaire, ainsi que la possibilité de me transporter d'un pays à un autre par une simple requête auprès de vous.

— Qui avez-vous l'intention de rencontrer ? demanda le matador.

— Mama Heddy-Anna, pour commencer. »

Les membres du Conseil fixèrent sur lui un regard incrédule.

« Je préfère que ce soit vous que moi, marmonna le moine.

— Mama Heddy-Anna en a vu de toutes les couleurs, dit la religieuse.

— Je redoute le jour où elle va débarquer ici, bougonna l'amiral. J'ai mené des navires à la bataille, mais devant une femme comme celle-là, je dois dire que je sonnerais la retraite. »

Ils s'esclaffèrent. Le moine leva la main.

« Allez-y, Sterling. Faites ce que vous estimez bon. Vous avez notre bénédiction.

— Merci, monsieur. »

Sterling regarda tour à tour les huit saints puis se tourna vers la fenêtre. Les portes du paradis étaient si proches qu'il eut la sensation de pouvoir les toucher en étendant la main.

« Il est temps de partir, Sterling, dit le moine avec douceur. Vous voulez donc aller au Kojaska ?

— S'il vous plaît.

— Chacun ses goûts », murmura le moine, et il appuya sur le bouton.

Il tombait une neige fine et régulière poussée par un vent cinglant. Perdu au fond d'une petite vallée, au pied de montagnes encapuchonnées de blanc qui se dressaient comme un rempart contre le monde extérieur, le village de Kiskek semblait ne pas avoir changé depuis des siècles.

Sterling se retrouva au milieu d'une rue étroite à l'extrémité du village. Voyant s'approcher une charrette tirée par un âne, il fit un saut de côté. Lui apparut alors le visage du conducteur ou plutôt de la conductrice : Mama Heddy-Anna en personne qui transportait un chargement de bois !

Il suivit la charrette qui pénétra dans la cour d'une maison. La vieille dame descendit de sa charrette, attacha l'animal à un poteau et se mit à décharger les bûches, les empilant rapidement le long de la maison.

Une fois la charrette vide, elle détacha l'âne et le mena dans un enclos à l'écart.

Stupéfait, Sterling la suivit dans la modeste maison de pierre. Une seule pièce occupait le rez-de-chaussée, de dimension moyenne, construite autour d'un foyer central. D'une grosse marmite suspendue au-dessus du feu montait une odeur alléchante de ragoût.

Une table de bois entourée de bancs délimitait l'espace de la cuisine. Le rocking-chair de Mama faisait face à un poste de télévision dont la présence paraissait complètement insolite dans ce décor. Deux fauteuils usagés, un tapis au crochet et un vieux buffet, qui avait vu des jours meilleurs, complétaient le décor.

Les murs étaient tapissés de photos de ses deux rejetons et de son mari, pour l'heure en prison. Sur le manteau de la cheminée étaient exposées des images de saints, visiblement les préférés de Mama.

Pendant qu'elle retirait sa lourde parka et son châle, Sterling monta l'escalier étroit qui menait à l'étage. Il y trouva deux petites pièces et une minuscule salle de bains. L'une d'elles était certainement la chambre à coucher de Mama. L'autre, meublée de deux lits jumeaux, devait être celle où Junior et Eddie avaient passé les jours innocents de leur enfance. Le tout ne ressemblait en rien à leur fastueux manoir de la côte nord de Long Island.

Les lits étaient chargés de luxueux vêtements féminins, qui tous arboraient la marque de grands couturiers : aucun n'avait été porté. Des cadeaux envoyés par les fils absents. Plus inutiles les uns que les autres aux yeux de leur mère.

Il entendit tinter la sonnerie grêle d'un téléphone et se dépêcha de descendre. Il se rendit bientôt compte que le Conseil céleste lui avait octroyé un don qu'il n'avait pas pensé à demander. Comment aurais-je imaginé qu'un jour je comprendrais le kojaskan ? se dit-il, en entendant Mama demander à un voisin de lui rapporter du vin. Elle avait préparé un déjeuner pour dix personnes et ne voulait pas être à court de boisson.

Parfait, se réjouit Sterling. Nous allons avoir de la compagnie. Le meilleur moyen de découvrir qui est vraiment Mama Heddy-Anna. Puis il écarquilla les yeux. Elle parlait dans un téléphone mural accroché dans la cuisine, et près de l'appareil, à l'endroit où les gens inscrivent en général les numéros d'urgence, il aperçut une ardoise d'écolier sur laquelle était inscrite une liste numérotée.

Sans doute des courses à faire, pensa Sterling, jusqu'au moment où il lut le titre de la liste : DOULEURS ET MALAISES. Suivait une énumération de maux les plus divers, allant des douleurs d'estomac à l'insuffisance cardiaque en passant par l'insomnie et les cors aux pieds.

Sterling resta abasourdi. Chaque affection

était marquée d'une croix, et suivie de la date des appels téléphoniques des frères Badgett. Elle a tout calculé, se dit-il. Elle ne se plaint jamais de la même chose deux fois de suite.

Mama Heddy-Anna avait raccroché et examinait sa liste d'un regard satisfait. Puis, avec la dextérité d'une femme en pleine santé, elle disposa assiettes, verres et couverts sur la table.

Quelques minutes plus tard, ses amis commencèrent à arriver. Son visage éclairé d'un sourire chaleureux, elle les accueillit. Ils étaient dix, comme prévu, et le dernier apportait le vin.

Sterling estima qu'ils avaient tous en moyenne soixante-dix, voire quatre-vingts ans, et ils avaient l'air sain et bien portant des hommes et des femmes qui ont passé une partie de leur vie à travailler aux champs. Leurs visages tannés et leurs mains calleuses témoignaient de longues années de dur labeur, mais leur gaieté, leur satisfaction évidente à la perspective de se retrouver autour d'un bon repas différaient peu de l'exubérance que Sterling avait souvent observée dans des endroits comme le King Cole à Manhattan, ou Chez Nor à Madison Village.

Mama Heddy-Anna apporta une miche de pain tout juste sortie du four et servit le ragoût dans les assiettes. On remplit les verres et chacun prit place à table. La conversation allait bon train, les rires fusaient, ponctuant des histoires concernant les habitants du village, ou des souvenirs d'excursions qu'ils avaient faites ensemble. Un bal avait été organisé dans la salle des fêtes, la semaine précédente, et Heddy-Anna avait exécuté une danse endiablée sur une table.

« Et je veux danser sur la table du monastère au nouvel an prochain, quand ils feront l'inauguration de sa transformation en hôtel, annonça-t-elle.

— Je suis allé à skis jusque là-bas, dit le plus jeune de la bande, un gaillard de soixante-dix ans. C'est drôlement beau. Il était fermé depuis vingt ans, depuis le départ du dernier moine. Ils l'ont entièrement restauré.

— Mes garçons allaient souvent skier dans ce coin. » Heddy-Anna se resservit de ragoût. « Dommage que le monastère soit de l'autre côté de la frontière. On aurait pu profiter de l'argent des touristes. »

La sonnerie du téléphone les fit tous glousser. Heddy-Anna s'essuya la bouche avec sa serviette, adressa un clin d'œil à ses amis et, un doigt posé sur ses lèvres, attendit un moment avant de répondre d'une voix défaillante : « A...allô. »

Elle consulta l'ardoise du regard.

« J'entends pas. Parle plus fort. Attends, il faut que je m'asseye. Mon pied me fait très très mal aujourd'hui. Me suis tordu la cheville, hier soir. Pas pu me relever... » Son expression changea. « Quoi, c'est une erreur ? C'est pas mon Eddie ? »

Elle raccrocha brusquement. « Fausse alerte », dit-elle à ses amis tout en se rasseyant, et en piquant sa fourchette dans la viande.

« C'était un bon exercice en tout cas, dit sa voisine de table d'un ton admiratif. Crois-moi, Heddy-Anna, tu t'améliores. »

Le téléphone sonna à nouveau. Cette fois Heddy-Anna attendit de savoir qui se trouvait au bout du fil avant d'entamer ses plaintes. Elle répéta presque mot pour mot l'histoire qu'elle avait racontée à son premier interlocuteur. « Et en plus... », poursuivit-elle, des sanglots dans la voix.

Elle s'interrompit, parcourut sa liste du regard, reprit son souffle. « ... en plus, j'ai perdu l'appétit. Je maigris tous les jours. »

Sterling fit la grimace. Je crois avoir compris ce qui se passe au Kojaska, pensa-t-il. À présent, j'aimerais passer à la saison suivante et m'occuper de Marissa.

Il sortit de la maison, contempla les montagnes qui se dressaient devant lui et leva les yeux vers le ciel.

Pouvez-vous faire que je me retrouve chez Marissa, pria-t-il, et que nous soyons en avril ?

Puis il ferma les yeux.

Sterling contemplait les ramures souples et gracieuses d'un bouquet de saules sur la pelouse, devant la maison de Marissa, à Madison Village. Ils baignaient dans un halo rosé, annonciateur de la floraison. Ce sont les premiers arbres à annoncer le printemps, pensa-t-il.

Le crépuscule tombait lentement tandis que disparaissaient les derniers rayons du soleil. Sterling entra dans la maison et trouva la famille assise autour de la table.

Il choisit un siège à l'écart de Roy junior et de Robert qui tapaient vigoureusement sur leurs chaises hautes avec leurs cuillers.

Assise en face d'eux, Marissa mangeait en silence un petit morceau de poulet.

Denise et Roy avaient pris place à côté des jumeaux.

« Comment ça s'est passé à l'école aujourd'hui ? demanda Roy à Marissa, s'efforçant d'introduire une cuillerée de purée dans la bouche de Robert.

— Bien, je crois, répondit-elle d'un ton indifférent.

— Marissa, cesse de chipoter. Il faut vraiment que tu manges un peu plus », la gronda doucement Denise.

Le regard que lui lança Roy l'empêcha de poursuivre.

Marissa reposa sa fourchette. « Je n'ai pas faim. Est-ce que je peux sortir de table ? »

Denise hésita, puis hocha la tête.

« Papa et NorNor ont promis de téléphoner dans une heure.

— Je sais.

— Je te préviendrai et tu pourras aller dans notre chambre pour leur parler tranquillement. »

Sterling fut tenté de la suivre, mais décida d'écouter ce que Denise dirait à Billy lorsque celui-ci appellerait.

Denise attendit que Marissa eût disparu en haut de l'escalier avant de parler à nouveau :

« Roy, je n'ai pas eu le courage d'aborder le sujet de ses notes en classe. Elle qui était si bonne élève semble aujourd'hui incapable de se concentrer. D'après sa maîtresse, Marissa se croit responsable du départ de Billy et de Nor. Elle s'imagine avoir fait quelque chose de mal.

— Beaucoup d'enfants éprouvent ce sentiment concernant leurs parents, qu'il s'agisse de décès ou de divorce, ou même de séparation. Il faut essayer de la comprendre. »

Roy est un être généreux, pensa Sterling. Il se montre réellement compréhensif.

Roy junior en avait assez d'être à table.

« Veux descendre.

— Veux descendre », répéta Robert en se trémoussant sur sa chaise.

Roy avala une dernière bouchée de salade et se leva.

« Je prendrai mon café plus tard. Je vais emmener ces deux petits monstres en haut et faire couler leur bain. »

Denise commença à débarrasser la table. Le téléphone sonna quelques minutes plus tard. « Oh, Billy, tu appelles plus tôt que prévu, dit-elle. Non, bien sûr que Marissa n'est pas sortie. Quand elle sait que tu vas téléphoner, elle ne quitte pas la maison, de crainte de te manquer. Qu'y a-t-il de nouveau ? »

Elle écouta un moment puis :

« Bon, quand tu lui parleras, fais-lui comprendre que tu as toujours été fier d'elle, même si ses notes sont un peu moins bonnes en ce moment. Tu sais comme moi qu'elle ferait n'importe quoi pour te faire plaisir. Je te la passe. Embrasse Nor de ma part. »

Elle posa le récepteur sur la table et alla jusqu'à la cage d'escalier. « Marissa », appela-t-elle.

Marissa était déjà en haut des marches.

« C'est papa ?

— Oui. »

Sterling s'élança vers l'escalier et suivit Marissa qui, comme convenu, alla s'enfermer dans la chambre de Denise et de Roy.

Pendant les quelques minutes qui suivirent, Sterling écouta Marissa implorer son papa de revenir. Elle lui promit de ne plus *jamais* le tanner pour aller au cinéma, de ne pas le retenir pendant des heures au téléphone quand elle savait qu'il était occupé, de ne pas...

Sterling s'approcha et se pencha pour écouter la réponse de Billy :

« Ma chérie, comment peux-tu penser des choses pareilles ! Tout ça n'a rien à voir avec ce que tu as pu faire ou ne pas faire. J'adore quand on se téléphone...

— Alors pourquoi refuses-tu de me donner ton nouveau numéro ? »

Marissa était au bord des larmes.

« Mon petit, parce que ce n'est pas possible, tout simplement. Je t'appelle d'un appareil qui ne m'appartient pas. NorNor et moi ne désirons qu'une chose, rentrer à la maison et te revoir le plus vite possible. Une fois de retour, je me rattraperai, tu verras. »

Quand elle lui eut dit au revoir d'une petite voix éplorée, Marissa regagna lentement sa chambre, s'assit à son bureau et mit en marche son lecteur de CD.

L'air du grand succès de Billy emplit la

pièce. « *I know what I want... I know what I need...* »

Sterling la regarda poser sa tête sur ses bras et se mettre à sangloter. Marissa, lui promit-il, je vais faire en sorte que ton vœu le plus cher soit exaucé. Même s'il me faut remuer ciel et terre. Ou plutôt, avec l'aide du ciel, corrigea-t-il.

Il ferma les yeux et s'adressa au Conseil céleste : Pourriez-vous me transporter à l'endroit où se trouvent les frères Badgett en ce moment ?

Lorsque Sterling ouvrit les yeux, il se trouvait dans un grand restaurant animé et bruyant au bord de l'eau.

Je pense que nous sommes sur le Sound à Long Island. Il se tourna vers une femme qui consultait le menu. Sur la première page il lut : SAL'S ON THE SOUND.

C'était un endroit où l'on mangeait surtout des steaks et des fruits de mer. Affublés de larges serviettes, les clients brisaient avec entrain des pinces de homard ; les entrecôtes étaient servies grésillantes sur des plaques métalliques. Et, remarqua-t-il, beaucoup de dîneurs se régalaient de son entrée favorite, un cocktail de crabe.

Mais où étaient donc Junior et Eddie ? Sterling faisait le tour des tables pour la deuxième fois quand il remarqua un renfoncement, à l'écart de la salle, qui jouissait d'une vue magnifique sur l'eau. S'approchant, il constata que ses trois occupants n'étaient autres que Junior, Eddie et une Jewel à peine vêtue.

Junior et Eddie venaient de terminer une de leurs longues conversations téléphoniques avec Mama Heddy-Anna, et comme toujours ils étaient plongés dans un abîme d'inquiétude à son sujet. C'était Jewel qui avait suggéré d'aller dîner dans un bon restaurant où ils pourraient se détendre.

Ils savouraient leurs cockails et le garçon ramassait les menus.

Sterling s'assit sur le rebord de la fenêtre près de la table. Je me demande ce qu'ils ont commandé, se dit-il.

« Je suis incapable d'avaler une seule bouchée, se lamenta Eddie. Quand je pense à notre pauvre Mama, si malade, j'en pleurerais.

— Tu as déjà pleuré, Eddie, me semble-t-il. Tu as le nez tout rouge. » Jewel tapota la main de Junior. « Et toi aussi, mon chou. »

Junior repoussa sa main.

« J'ai un rhume. »

Jewel se rendit compte de son impair.

« Et tes allergies, mon chéri. C'est la saison des allergies. La pire qu'on ait connue depuis des années.

— Ouais, ouais. »

Junior prit son verre.

« Elle est encore tombée, gémissait Eddie. Elle s'est tordu le pied, pauvre Mama, et en plus, elle n'arrive plus à manger. Elle peut à peine mâcher, tellement elle a les gencives gonflées. »

Ça, elle ne l'avait pas sur sa liste, la dernière fois, murmura Sterling en lui-même.

« Ses amis la supplient de manger. Elle n'a plus de goût à rien.

— C'est le même refrain depuis que je vous connais, c'est-à-dire depuis trois ans, dit Jewel avec aplomb. Or il faut bien qu'elle mange *quelque chose.* »

Du ragoût, se rappela Sterling. Des quantités de ragoût.

« Ça fait longtemps qu'elle était pas tombée, continua Eddie. J'espérais que ses jambes iraient mieux. » Il se tourna vers Junior. « Il faut qu'on aille la voir. Je te dis qu'il faut qu'on aille la voir.

— C'est impossible et tu le sais très bien, lui rétorqua Junior. Nous lui avons envoyé des vêtements tout neufs pour lui remonter le moral.

— Elle va les adorer, s'enthousiasma Jewel. J'ai choisi ce qu'il y avait de plus chic. Deux pyjamas d'intérieur en satin, une robe de cocktail et un chapeau fleuri pour aller à l'église le dimanche de Pâques. »

Eddie se renfrogna.

« Mama dit qu'ils sont affreux.

— J'en suis navrée, fit Jewel avec une moue. Si je la rencontrais, je pourrais mieux choisir ce qui lui va. Toutes les femmes ont des problèmes de silhouette. Chez les unes, c'est les hanches ; chez les autres, la taille, ou les fesses.

— La ferme, Jewel, tonna Junior. Y'en a marre de tes leçons d'anatomie. »

C'était pourtant rigolo, pensa Sterling.

L'air offensé, Jewel se leva.

« Veuillez m'excuser, dit-elle avec emphase.

— Où tu vas ?

— Aux toilettes, mon cher.

— Elle est furieuse parce que Mama trouve moches les habits qu'elle a choisis, c'est ça ?

— Pense plus à ça, aboya Junior. Écoute. J'ai reçu un coup de téléphone pendant que toi aussi tu étais aux toilettes. Et tu y passes un sacré temps. Maintenant ouvre tes oreilles. Nos gars ont perdu la trace de Nor Kelly et de Billy Campbell.

— C'est une bande de nuls, dit Eddie.

— Parle pour toi. Ferme ton clapet et écoute-moi. Toutes les charges retenues contre nous s'écroulent si Kelly et Campbell sont dans l'impossibilité de témoigner. Nous devons nous débarrasser d'eux.

— Le pays est vaste. Tu peux m'expliquer comment on se débarrasse d'eux si on sait pas où les trouver ?

— On finira par les trouver. J'ai déjà fait le premier pas. J'ai appelé un de nos professionnels. »

Eddie regarda Junior.

« Pas Igor ?

— Si, Igor. C'est le meilleur dans sa spécialité. Je lui ai dit qu'on avait un seul indice jusqu'à présent, c'est qu'ils étaient quelque part dans l'Ouest.

— Me revoilà », susurra Jewel. Elle se glissa sur la banquette, embrassa Junior sur la joue. « Je vous pardonne à tous les deux de ne pas apprécier ce que je fais pour Mama Heddy-Anna, mais il faut que je vous dise une chose. Vous devriez trouver un moyen d'aller rendre visite à votre Mama, et le faire avant qu'il soit trop tard. »

Junior lui lança un regard noir.

« T'occupe pas de ça. »

Le serveur apparut avec une assiette d'amuse-gueules.

J'ai appris ce que je voulais savoir, décréta Sterling. Les frères Badgett ont l'intention de traquer Nor et Billy et de s'assurer qu'ils ne puissent jamais témoigner contre eux.

Il ressentit le besoin de faire une longue marche à pied avant d'être transporté ailleurs. Une heure plus tard, il avait pris sa décision. Il ferma les yeux et murmura : Je voudrais me retrouver au milieu de l'été et rejoindre Nor et Billy.

Je ne peux pas croire qu'ils habitent *ici*, pensa Sterling, consterné. Il se tenait sur le balcon du premier étage d'un motel délabré à quelques mètres d'une autoroute. Même sous le soleil de plomb, la vue était superbe. Comme à Kizkek, le village de Mama Heddy-Anna, le panorama montagneux qui s'offrait à ses yeux était d'une beauté à vous couper le souffle.

Des six voitures garées à l'extérieur du motel, quatre portaient des plaques d'immatriculation du Colorado.

Il remarqua un homme d'aspect athlétique assis au volant d'un quatre-quatre. Bien qu'il portât des lunettes noires, Sterling eut l'impression qu'il regardait fixement dans le rétroviseur et surveillait la porte du motel située derrière lui.

Sterling se retourna et jeta un coup d'œil furtif à l'intérieur de la chambre. Les mains dans les poches, Billy était tourné vers Nor, qui était assise au bord du lit, en train de téléphoner.

Leur apparence avait changé. La chevelure blonde de Nor était devenue châtain foncé, serrée en un chignon strict sur la nuque. Billy portait la barbe, et ses cheveux noirs étaient coupés beaucoup plus court.

C'est probablement d'ici qu'ils téléphonent chez eux, réfléchit Sterling. S'ils bénéficient du programme de protection des témoins, ils sont obligés d'utiliser une ligne sécurisée. Ils ont l'air terriblement anxieux.

Il pénétra dans la pièce, ôta son chapeau et colla son oreille au récepteur. Je suis devenu un champion en matière d'indiscrétion, pensa-t-il. Il entendit une voix familière à l'autre bout de la ligne et comprit que Nor s'entretenait avec Dennis.

« Nor, je n'ai pas à vous préciser que le restaurant repose entièrement sur vous, disait Dennis. Bien sûr, je peux faire des supercocktails, les gars sont de bons serveurs et Al est le meilleur chef que nous ayons jamais eu, mais ça ne suffit pas. Lorsque les clients viennent, c'est vous qu'ils veulent voir à leur table.

— Je sais. Les pertes sont-elles importantes ce mois-ci ?

— Considérables. Nous n'avons rempli qu'un quart de la salle, même le samedi.

— Ce qui signifie en outre que les pourboires des serveurs ont diminué, dit Nor. Écoute, Dennis, ça ne peut pas durer. Dès que le procès aura eu lieu, que les Badgett auront été inculpés et coffrés, nous pourrons réapparaître. Calcule à peu près le manque à gagner des serveurs en pourboires, et rajoute la moitié de la somme sur leur salaire.

— Nor, je crois que vous m'avez mal compris. Vous perdez de l'argent à la pelle.

— Tu ne m'as pas comprise, toi non plus, rétorqua Nor d'un ton sec. Je sais que ma présence est importante pour le restaurant. Mais c'est aussi grâce à toi, à Al, aux serveurs, aux aides-cuisiniers et à l'équipe de nettoyage qu'il fonctionne. J'ai mis des années à rassembler une aussi bonne équipe, je n'ai pas envie de la perdre aujourd'hui.

— Ne vous fâchez pas, Nor, je m'efforce seulement de vous aider à garder la tête hors de l'eau.

— Excuse-moi, Dennis, dit Nor d'un ton penaud. Toute cette histoire me mine le moral.

— Comment va Billy ?

— À ton avis ? Il vient de téléphoner à Marissa et à la maison de disques. Marissa refuse carrément de lui parler — à moi aussi par la même occasion. Quant à Empire Records, ils lui ont annoncé qu'à moins que ses problèmes ne soient rapidement résolus, ils seront dans l'obligation d'annuler son contrat. »

Il y eut un silence, puis Nor ajouta :

« Dennis, tu te souviens de ce tableau impressionniste qui est accroché près de la cheminée dans ma salle de séjour ?

— Celui qui coûte un œil de la figure. »

C'était une blague entre eux.

« Oui. Tu as ma procuration, n'est-ce pas ? Prends les certificats du tableau dans mon coffre. Apporte-les à la Reuben Gallery. Je sais qu'ils feront une offre. Il vaut au moins soixante mille dollars. Ça nous aidera à tenir.

— Mais Nor, vous adorez ce tableau.

— Moins que je n'aime mon restaurant. Bon, Dennis, je suppose que c'est tout ce que je peux te dire de positif pour le moment. Je te rappellerai dans deux semaines.

— O.K., Nor. Comptez sur moi. On tiendra le coup. »

Nor téléphona ensuite à Sean O'Brien. Elle voulait savoir si la date du procès avait été fixée, mais il n'avait aucune information.

Ils quittèrent le motel en silence, se dirigèrent vers le parking, et gagnèrent le quatre-quatre au volant duquel était installé l'homme aux lunettes noires. Sans doute l'agent du FBI chargé de leur protection, se dit Sterling.

Il s'installa sur le siège arrière avec Nor. Pas un seul mot ne fut échangé pendant les vingt minutes du trajet. Sterling repéra un panneau routier indiquant que Denver se trouvait à trente miles. Je sais où nous sommes, pensa-t-il. L'Air Force Academy n'est pas loin d'ici.

Billy et Nor habitaient une maison ordinaire, d'un seul étage, dont la seule qualité, aux yeux de Sterling, était sa situation. Elle était plantée au milieu d'un vaste terrain, entourée de grands arbres qui la protégeaient des regards indiscrets.

Lorsque la voiture s'arrêta, Billy se tourna vers l'homme du FBI.

« Frank, veuillez entrer. J'aimerais vous parler.

— Bien sûr. »

Le mobilier du séjour semblait provenir de la vente d'un hôtel de troisième ordre : canapé et sièges recouverts de vinyle, table basse en formica, moquette orange foncé. Un climatiseur bruyant brassait péniblement un peu d'air frais.

Sterling nota les améliorations apportées par Nor pour donner à la pièce un brin d'attrait. Des reproductions encadrées détournaient l'œil du mobilier hideux. Un vase de rudbeckias et quelques belles plantes vertes égayaient l'atmosphère.

Le séjour donnait dans un improbable coin salle à manger. Billy l'avait transformé en salle de musique, meublé avec un piano droit éraflé sur lequel s'empilaient des partitions, un lecteur de disques, et des piles de CD. Sa guitare était posée sur un fauteuil club près du piano.

« Que puis-je faire pour vous, Billy ? demanda Frank Smith.

— Vous pouvez m'aider à emballer mes affaires. Je n'ai pas l'intention de demeurer ici une nuit de plus. J'en ai par-dessus la tête.

— Billy, Frank n'y peut rien, intervint Nor, cherchant à le calmer.

— D'après ce que nous savons, ce procès n'aura jamais lieu. Suis-je censé passer le reste de mes jours à pourrir dans cette baraque ? Frank, écoutez-moi bien. J'ai eu trente ans la semaine dernière. Dans le monde de la musique c'est un âge déjà avancé, vous comprenez ? C'est vieux. Aujourd'hui, ceux qui réussissent commencent à dix-sept ans, voire plus jeunes.

— Billy, calme-toi, supplia Nor.

— Je ne peux pas me calmer, maman. Marissa va grandir sans nous. Elle va grandir en *me* haïssant. Chaque fois que je parle à Denise, elle me répète qu'elle est inquiète à son sujet, et elle a raison. Advienne que pourra. S'il doit m'arriver quelque chose, que ça m'arrive au moins pendant que je vis ma vie...

— Billy, l'interrompit Frank. Je sais à quel point cette existence est frustrante. Vous n'êtes pas le premier que ce programme rend dingue. Mais vous *êtes* réellement en danger, Nor et vous. Nous avons eu certaines informations. Nous n'avons pas jugé bon de vous alarmer jusqu'à présent, mais vous faites l'objet d'un contrat depuis le mois de janvier. Et les hommes de main des Badgett étant incapables de vous trouver, ils ont engagé un tueur. »

Nor pâlit.

« Quand l'ont-ils engagé ?

— Il y a trois mois. Il ne nous est pas inconnu et nos hommes l'ont à l'œil. Maintenant, vous voulez toujours que je vous aide à faire vos valises ? »

Billy s'était calmé d'un coup. « Je suppose que non. » Il alla s'asseoir au piano. « Il ne me reste plus qu'à écrire une musique que quelqu'un d'autre aura la chance d'interpréter. »

Frank salua Nor d'un signe de tête et les quitta. Après son départ, Nor s'approcha de Billy et posa ses mains sur ses épaules.

« Cela ne durera pas éternellement, tu sais.

— C'est l'enfer sur terre.

— J'en conviens. »

Moi aussi, pensa Sterling. Plus il en savait sur cette affaire, moins il se sentait capable de la résoudre.

Jetant un regard de compassion à Nor et à Billy, il s'en alla. Je suis habitué à l'altitude céleste, mais je supporte moins bien celle des montagnes du Colorado, pensa-t-il, se sentant soudain un peu étourdi.

Quand je pense qu'ils seront encore là en décembre. J'ose à peine imaginer quel sera leur moral alors. Mais qu'y puis-je ? Que faire d'autre ? Tout dépend du procès. Je devrais peut-être aller fureter du côté de l'avocat des Badgett. Après tout, c'est lui qui a vu Billy et Nor sortir de la pièce attenante au bureau de Junior.

En tout cas, je serai content de quitter cette

chaleur suffocante, conclut-il en fermant les yeux. L'été était la saison que j'aimais le moins jadis. Une fois encore il s'adressa au Conseil céleste : Je voudrais me retrouver en présence de Charlie Santoli et que notre rencontre ait lieu quelques jours avant Noël, s'il vous plaît. Amen, ajouta-t-il.

« Nous aurions pu nous y prendre plus tôt pour décorer la maison », fit remarquer Marge en déroulant une guirlande lumineuse qu'elle tendit à Charlie, lui-même en équilibre sur une échelle qu'ils avaient dressée dehors, devant les fenêtres de la salle de séjour.

— J'ai été trop occupé, Marge. Je n'avais pas la tête à ça. » Charlie entoura la guirlande autour de la cime d'un arbuste qui s'était considérablement développé depuis l'année passée. « Tu sais, on peut payer des gens pour faire ce travail. Leurs échelles sont plus grandes, ils sont plus jeunes, plus forts et ils s'y prennent beaucoup mieux.

— Je sais, mais c'est une chose que nous accomplissons ensemble depuis des années et nous y avons toujours pris beaucoup de plaisir. Viendra un temps où nous n'en serons plus capables, et ce jour-là tu diras : Ah, si je pouvais encore accrocher les lumières sur l'arbre ! Reconnais-le. Tu adores cette tradition. »

Charlie sourit malgré lui.

« Si tu le dis. »

Assis sur le perron, Sterling observait le couple. Charlie semble prendre du bon temps. C'est assurément un homme qui aime la vie de famille.

Une heure plus tard, frigorifiés mais contents, Marge et Charlie regagnèrent la maison, ôtèrent leurs manteaux et leurs gants, et allèrent à la cuisine se préparer du thé. Marge attendit d'avoir disposé sur la table la théière et une assiette de biscuits faits maison pour attaquer bille en tête :

« Je veux que tu laisses tomber ton job chez les frères Badgett, Charlie, et je veux que tu leur donnes ta démission dès demain matin.

— Marge, tu es folle ? C'est impossible.

— Si, c'est possible. Nous ne sommes pas riches, mais nous avons de quoi vivre décemment. Si tu veux continuer à travailler, ouvre à nouveau un cabinet et occupe-toi de baux et de testaments. Mais je refuse de te voir risquer une crise cardiaque, je ne veux pas que tu travailles un jour de plus pour les Badgett.

— Marge, tu ne comprends pas — je ne peux pas les quitter, dit Charlie d'un ton désespéré.

— Pourquoi ? Si tu meurs, ils seront bien obligés de prendre un autre avocat, non ?

— Marge, il ne s'agit pas de ça... C'est... Écoute, n'en parlons plus. »

Marge se leva et posa ses deux mains sur la table.

« De quoi s'agit-il alors ? » demanda-t-elle haussant le ton. « Charlie, je veux connaître la vérité. Que se passe-t-il ? »

Sterling écouta Charlie – hésitant au début, puis d'une voix précipitée, les mots se bousculant dans sa bouche – confesser à sa femme que, pendant des années, il avait été contraint de menacer des gens qui s'étaient mis en travers du chemin des Badgett. Il observa la réaction de Marge, la vit passer de la stupeur à l'inquiétude et à la compassion quand elle comprit les tourments endurés par son mari.

« Le procès que j'ai fait ajourner concerne l'incendie de cet entrepôt près de Syosset l'année dernière. Les chanteurs engagés pour cette fameuse réception en l'honneur de Mama Heddy-Anna avaient surpris Junior en train de donner l'ordre de mettre le feu au bâtiment. On laisse entendre qu'ils sont actuellement en tournée en Europe, la vérité est qu'ils ont été mis sous protection policière. »

Voilà donc ce qui se dit à propos de Nor et de Billy, pensa Sterling.

« Pourquoi cherches-tu à faire ajourner le procès ?

— Nous avons soudoyé des experts qui certifieront que l'incendie est dû à un court-circuit. Hans Kramer, le propriétaire de l'entrepôt, a disparu, mais Junior et Eddie ont appris le mois dernier qu'il était parti vivre en Suisse. Sa femme et lui ont de la famille là-bas, et, après ce qui est arrivé, Kramer ne veut plus avoir de démêlés avec les Badgett.

— Tu n'as pas répondu à ma question, Charlie.

— Marge, ce n'est pas moi qui cherche à obtenir cet ajournement. Ce sont les Badgett. »

Elle le regarda droit dans les yeux.

« Pourquoi ?

— Parce qu'ils ne veulent pas que le procès débute avant que Nor Kelly et Billy Campbell n'aient été réduits au silence pour de bon.

— Et tu te prêtes à ça ?

— Peut-être ne les trouveront-ils pas.

— Et peut-être les trouveront-ils. Charlie, tu ne peux pas laisser faire une chose pareille !

— Je sais ! Mais je suis impuissant. Il faut que tu comprennes que, dès l'instant où j'aurai prévenu le FBI, les Badgett l'apprendront. Ils ont les moyens d'être informés. »

Marge se mit à pleurer.

« Comment en es-tu arrivé là ? Charlie, quelles que soient les conséquences pour nous, tu devras agir selon ta conscience. Attends que la période des fêtes soit passée. Célébrons encore une fois Noël ensemble. » Elle s'essuya les yeux du revers de la main. « Je n'ai plus qu'à prier pour qu'un miracle se produise. »

Charlie se leva et prit sa femme dans ses bras.

« Dans tes prières, tu pourrais te montrer plus précise, dit-il avec un sourire las. Par exemple, implorer le Seigneur que Junior et Eddie aillent rendre visite à Mama Heddy-Anna dans le pays de leurs ancêtres. Je m'arrangerais pour que les flics leur tombent dessus à la minute où ils poseront le pied sur le sol du Kojaska. Et l'affaire serait réglée. »

Marge le dévisagea.

« Qu'est-ce que tu racontes ?

— Ils ont tous deux été condamnés par contumace à la prison à vie pour des crimes qu'ils ont commis là-bas. C'est pour cette raison qu'ils ne peuvent pas y retourner. »

La prison à vie ! Sterling comprit enfin ce qu'il lui restait à faire. Le seul problème était : comment s'y prendre ?

Il sortit dans le jardin. Marge avait allumé les guirlandes lumineuses qu'ils venaient d'installer. Le temps changeait, le jour disparaissait derrière de gros nuages gris. Les ampoules multicolores scintillaient dans les arbres, chassant un peu la mélancolie de ce sombre après-midi d'hiver.

Soudain, Sterling se rappela une réflexion qu'il avait entendue chez Mama Heddy-Anna. C'est une possibilité, se dit-il. Un plan pour faire revenir les frères Badgett dans leur pays natal commença à germer dans son esprit.

C'était risqué, mais ça pouvait marcher !

« Sterling, il semble que vous ayez bien travaillé, le félicita la religieuse.

— Vous êtes un vrai globe-trotter, mon vieux ! » ajouta l'amiral.

Puis le moine prit la parole :

« Nous avons été surpris au début par votre souhait de retourner au Kojaska, mais je crois que nous avons compris votre intention. C'est mon ancien monastère, savez-vous ? J'y ai vécu il y a huit siècles. J'ai du mal à croire qu'il va être transformé en hôtel. Comment imaginer qu'on y servira les petits déjeuners dans les chambres ! ?

— Je vous comprends, monsieur, acquiesça Sterling, mais c'est peut-être là une chance inespérée pour notre projet. Je crois avoir enfin trouvé le moyen de venir en aide à Marissa, ainsi qu'à Nor et Billy, et du même coup à Charlie. Ce malheureux a lui aussi besoin de moi, mais d'une manière différente. »

Il redressa les épaules et les regarda l'un après l'autre avec assurance.

« Je demande l'autorisation d'apparaître devant Charlie car il me sera utile pour résoudre certains problèmes.

— Avez-vous l'intention de vous montrer comme vous l'avez fait avec Marissa, qui a tout de suite compris que vous veniez d'ailleurs ? demanda le berger.

— Oui. Je pense que c'est nécessaire.

— Peut-être devriez-vous devenir visible aux yeux de Marge également, suggéra la reine. Quelque chose me dit que c'est elle qui porte la culotte dans cette maison.

— Je craignais de pousser le bouchon un peu trop loin en demandant à la rencontrer, confessa Sterling avec un sourire. Or l'idéal serait en effet de pouvoir communiquer avec les deux.

— "Pousser le bouchon" ? (Le matador haussa les sourcils.) Est-ce une expression courante ?

— Je l'aime bien. Je la trouve rigolote. » Sterling se leva. « D'après le calendrier terrestre, c'est demain qu'aura lieu ma première rencontre avec Marissa. J'ai bouclé la boucle.

— Rappelez-vous que c'est aussi le jour où vous vous êtes présenté devant nous pour la première fois, dit la sainte indienne.

— Je peux vous assurer que c'est une date que je n'oublierai jamais.

— Allez, et que nos bénédictions vous accompagnent, lui dit le moine. Mais souvenez-vous d'une chose : le jour de Noël, que vous espérez célébrer au paradis, est désormais très proche. »

Marissa ouvrit la porte de sa chambre et sourit à la vue de Sterling assis dans le grand fauteuil près de son bureau.

« J'ai pensé que vous étiez parti et que vous alliez revenir me dire bonsoir, dit-elle.

— Je suis en effet parti, expliqua-t-il. Pendant que tu dînais, je suis allé voir ce qui s'était passé l'année dernière, et j'ai enfin compris pourquoi Billy et Nor avaient dû te quitter.

— Mais je suis restée à table pendant moins d'une heure.

— Le temps n'a pas la même durée pour toi que pour moi, dit Sterling.

— Je n'ai cessé de penser à vous. Je me suis dépêchée de manger, mais ensuite il a fallu que j'écoute Roy raconter qu'il avait joué l'un des bergers de la Nativité quand il était à l'école. C'était franchement rasoir. Je me suis levée de table dès que j'ai pu. Je suis bien contente que vous soyez là.

— Il va falloir que je m'en aille à nouveau

si je veux faire revenir ton papa et NorNor pour ton anniversaire.

— Ce sera la veille de Noël, lui rappela-t-elle vivement. J'aurai huit ans.

— Je sais.

— Dans quatre jours. Il ne reste pas beaucoup de temps. »

Sterling vit une trace de scepticisme assombrir soudain le regard de la fillette.

« Tu peux m'aider, lui dit-il.

— Comment ?

— En disant des prières.

— C'est promis.

— Et en étant gentille avec Roy.

— C'est moins facile. » Elle changea de physionomie, prit une voix grave : « Je me souviens de l'époque où... bla-bla-bla.

— Marissa..., l'arrêta Sterling, dissimulant mal son amusement.

— Oui, je sais, dit-elle. Roy n'est pas méchant. »

Sterling se leva, réconforté par l'insouciance qui était soudain apparue dans le regard de Marissa. Une insouciance qui lui rappelait la Marissa qu'il avait vue avec Billy et Nor. Je ne peux pas la décevoir, pensa-t-il. C'était autant une prière qu'un vœu.

« Je dois te quitter maintenant, Marissa.

— La veille de Noël — c'est promis, hein ? »

Charlie et Marge avaient coutume de déposer les cadeaux sous l'arbre quelques jours avant Noël. Leurs trois enfants habitaient Long Island, non loin de la maison familiale, une chance dont Marge remerciait le ciel tous les jours.

« Tant de parents ont leurs enfants dispersés aux quatre coins du globe ! » se plaisait-elle à souligner. « C'est une vraie bénédiction pour nous. »

Leurs six petits-enfants étaient pour eux une source de joie, depuis l'aîné qui était en première année à l'université, jusqu'au plus jeune qui venait d'être inscrit à l'école primaire. « Tous de bons élèves », claironnait Marge.

Mais ce soir-là, après avoir disposé les paquets, ni Marge ni Charlie ne ressentirent le plaisir et l'impatience qui les gagnaient habituellement à la perspective des fêtes. Une seule pensée les habitait : une fois que Charlie aurait informé le FBI, c'en serait fini de leur tranquillité. À vingt heures trente, assis côte à côte devant la télévision, ils regardaient vaguement les images défiler sur l'écran tandis que Charlie zappait.

Marge contemplait sans joie l'arbre de Noël. Même les décorations confectionnées par ses petits-enfants au cours des années ne parvinrent pas à amener un sourire sur ses lèvres.

Soudain un ornement se détacha du sapin et tomba sur le tapis. C'était l'ange en papier mâché qui avait une aile plus grande que l'autre et portait un chapeau en guise d'auréole. Marge s'apprêtait à le ramasser quand elle vit brusquement un halo lumineux se former autour de lui.

Elle resta bouche bée, les yeux ronds. En dix secondes, l'ange s'était métamorphosé en un homme au visage avenant, élégamment vêtu d'un pardessus Chesterfield et coiffé d'un feutre à bord roulé, qu'il ôta aussitôt.

« Aaahhh ! » hurla Marge.

Charlie, qui somnolait à moitié sur le canapé, se réveilla en sursaut, aperçut Sterling et s'écria :

« C'est Junior qui vous envoie, j'en étais certain.

— Jésus, Marie, Joseph, implora Marge. Les Badgett n'y sont pour rien, Charlie. C'est un fantôme !

— N'ayez pas peur, je vous prie, dit calmement Sterling. Je suis ici pour vous aider à résoudre vos problèmes avec les Badgett. Asseyez-vous et écoutez-moi. »

Marge et Charlie échangèrent un regard et obéirent. Marge se signa.

Sterling sourit. Il resta silencieux un instant, le temps qu'ils s'habituent à lui et comprennent qu'ils n'avaient rien à craindre.

« Puis-je m'asseoir moi aussi ? » demanda-t-il.

Les yeux de Marge étaient exorbités.

« Je vous en prie, et prenez aussi quelques biscuits de Noël », proposa-t-elle, désignant l'assiette posée sur la table basse.

« Non, merci. » Il sourit. « Je ne mange plus depuis longtemps.

— J'aimerais en dire autant », soupira Charlie, le regard rivé sur Sterling, continuant de tripoter la commande à distance de la télévision.

« Éteins la télévision, Charlie », ordonna Marge.

Click. Un éclair d'amusement traversa le regard de Sterling au souvenir de ce qu'avait dit la reine à propos du caractère autoritaire de Marge. Il regarda le couple reprendre peu à peu son calme. Ils ont compris que je ne leur veux aucun mal, se dit-il. Il est temps de leur expliquer mes intentions.

« Vous connaissez Nor Kelly et Billy Campbell, n'est-ce pas, Charlie ? commença-t-il. Et vous savez sans doute qu'ils bénéficient du programme de protection des témoins. »

Charlie opina.

« J'ai été envoyé sur terre pour aider la fille de Billy, Marissa, qui se désespère d'être séparée de son père et de sa grand-mère. Pour qu'elle puisse les revoir, il est nécessaire que disparaisse la menace suspendue au-dessus d'eux.

— C'est-à-dire Junior et Eddie, dit simplement Charlie.

— Ces deux ordures ! s'exclama Marge avec mépris.

— Alors que je réfléchissais au meilleur moyen de garantir la sécurité de Nor et de Billy, il m'est apparu que vous couriez aussi un grave danger. »

Marge saisit la main de Charlie.

« Après avoir soigneusement analysé la situation, je suis arrivé à la conclusion que la façon la plus sûre et la plus radicale de résoudre le problème était d'amener les Badgett à retourner au Kojaska, où ils seront emprisonnés pour le restant de leurs jours.

— Et j'espère qu'ils pourriront au fond de leur cellule, prononça Marge. C'est tout ce qu'ils méritent. »

Charlie fit remarquer :

« Je peux vous assurer qu'ils n'iront jamais de leur plein gré au Kojaska.

— Même pour l'amour de Mama Heddy-Anna ? demanda Sterling.

— Ils se lamentent depuis bientôt quinze ans

de ne pas la voir, mais ils n'ont jamais tenté de lui rendre visite.

— Justement. J'ai un plan qui pourrait les ramener près de leur chère mère », déclara Sterling.

Gagnés par l'espoir, Charlie et Marge l'écoutèrent avec ferveur.

Le lendemain matin, l'inspecteur du FBI Rich Meyers, accompagné de son adjoint, l'agent Hank Schell, se présenta chez Charlie Santoli. Ils avaient apporté avec eux le matériel destiné à enregistrer sa déposition.

Meyers s'assit à la table de la cuisine avec Marge et Charlie tandis que Schell installait et testait le micro.

Lorsque Charlie avait téléphoné à Meyers la veille, celui-ci l'avait averti qu'il pouvait bénéficier d'une assistance légale avant de faire des déclarations susceptibles d'être utilisées contre lui.

Charlie avait écarté cette suggestion. J'ai quelque chose de mieux qu'un avocat, pensa-t-il. J'ai Sterling qui joue dans mon camp.

« Vous êtes prêt, monsieur Santoli ? demanda Meyers en mettant en marche son magnétophone.

— Oui, je suis prêt. Pour mémoire, mon nom est Charles Santoli... »

Pendant l'heure qui suivit, Charlie décrivit ses relations avec les frères Badgett, son rôle de conseil juridique dans leurs entreprises légales au début, puis son implication forcée dans leurs activités criminelles. Il conclut qu'à son avis le gouvernement ne pourrait jamais démontrer la culpabilité de Junior et d'Eddie Badgett dans l'incendie de l'entrepôt de Kramer, et que Nor Kelly et Billy Campbell seraient toujours menacés, qu'ils bénéficient ou non d'une protection spéciale du FBI.

Meyers écoutait, impassible.

Charlie respira profondément. « Lorsque vous aurez entendu ce que je vais vous proposer, vous pourrez certes décider que j'ai besoin d'une assistance médicale plutôt que légale, mais auparavant écoutez-moi. »

Avec un léger sourire, il exposa calmement le plan que Sterling lui avait soumis la veille au soir. De temps en temps, il jetait un regard en direction de Sterling, cherchant son approbation, et recevait en retour de petits signes d'encouragement.

La première réaction de Meyers – « Vous n'y pensez pas ! » – se transforma en un perplexe : « On pourrait peut-être essayer », suivi d'un : « Au fond, nous avons passé des mois à tenter d'épingler ces salopards sans résultat. Si on les coffre au Kojaska, toute leur foutue organisation s'écroulera d'elle-même.

— C'est le but de l'opération, dit vivement Charlie. Il peut se passer des années avant qu'on les condamne ici, et, même en prison, ils continueront à être dangereux. Mais enfermez-les à l'autre bout du monde, et leur bande de malfrats disparaîtra dans la nature. »

Une fois l'enregistrement terminé, les deux agents se levèrent. Meyers dit :

« Naturellement, je dois en référer à mes supérieurs. Je vous rappellerai dans deux heures.

— Vous me trouverez ici, dit Charlie. Mon bureau est fermé pendant les fêtes de Noël. »

Après le départ des deux agents, Marge murmura comme pour elle-même :

« Le plus pénible c'est d'attendre. »

Sterling songea aux quarante-six années qu'il avait passées dans l'antichambre céleste.

« À qui le dites-vous. Dieu soit loué, l'attente va bientôt prendre fin pour nous tous. »

À une heure de l'après-midi, Rich Meyers appela. « Nous avons le feu vert. Si vous êtes prêts à jouer votre partie, nous nous chargerons du reste. »

« C'est amusant d'aller dans les magasins pendant les fêtes », soupira Jewel tandis que la limousine franchissait les grilles du manoir des Badgett. « Mais on dirait que vous vous fichez complètement de Noël. Ça vous fait donc ni chaud ni froid de voir tous ces gens faire leurs achats de dernière minute ?

— Ça me tape sur les nerfs, dit Junior.

— Moi aussi, ça me tape sur les nerfs, reprit Eddie en écho. J'aime pas déjeuner dans un snack-bar planté au milieu de la galerie commerciale. C'est trop bruyant, on s'entend pas penser.

— Tu ne penses jamais de toute façon, marmonna Junior.

— Très drôle, répliqua Eddie. Tout le monde dit que je te ressemble.

— Mais vous êtes quand même contents de ce que vous avez acheté, les coupa Jewel avec un entrain forcé. Ces pulls de ski sont superélégants. L'ennui, c'est qu'on sort jamais d'ici et qu'en fait de ski, ça laisse à désirer à Long Island. » Elle haussa les épaules. « Bon, personne n'y peut rien. »

Une fois dans la maison, Jewel alla au salon allumer les guirlandes de l'arbre de Noël. « Suis pas folle de toutes ces lumières violettes », murmura-t-elle en s'accroupissant, le cordon électrique à la main, à la recherche d'une prise.

Junior se tenait à la fenêtre.

« Tu as invité un de tes copains de ta bande de rigolos, Jewel ? Il y a une voiture à la grille.

— Primo, mes copains ne sont pas des rigolos, et secundo, ils sont tous en train de faire du shopping. »

La sonnerie de l'interphone retentit dans la pièce. Eddie alla au tableau de commande sur le mur et appuya sur le bouton.

« Qui est là ?

— C'est Charlie, je suis avec ma femme. Pouvez-vous nous recevoir quelques minutes ? »

Eddie était stupéfait.

« Euh... Si vous voulez. »

Junior parut exaspéré.

« Qu'est-ce que Charlie vient foutre ici avec Marge ?

— C'est la saison des fêtes, lui rappela Jewel. Les gens s'arrêtent en passant pour souhaiter un bon Noël. Pas de quoi s'énerver. C'est juste amical et sympa.

— Tout ça, c'est de la foutaise, dit Eddie. Les fêtes, ça me rend malade.

— C'est naturel », lui dit Jewel sans se laisser démonter. « Je viens de lire un article écrit par un psychologue ; selon lui, certaines personnes sont déprimées parce que...

— Parce qu'il y a des gens comme toi qui les rendent cinglés, l'interrompit Eddie.

— T'emballe pas, Eddie. Jewel essaye seulement de nous remonter le moral.

— Merci, mon chéri, tu as raison. C'est tout ce que je cherchais à faire. »

Eddie alla dans l'entrée accueillir les Santoli.

Sur le seuil de la porte, Sterling murmura : « Ne soyez pas nerveuse, Marge. »

Le vague « bonjour » grommelé par Eddie leur indiqua le degré d'enthousiasme que suscitait leur visite.

Marge s'arma de courage et suivit Eddie dans le salon, suivie de Charlie et du fidèle Sterling.

« Hello, hello », lança Jewel de sa voix perçante. « Bonnes fêtes. Quelle charmante surprise ! »

Marge regarda l'arbre avec des yeux ronds. Les rares fois où elle était venue en visite dans cette maison pour les fêtes de Noël, les décorations lui avaient semblé plus ou moins traditionnelles.

Elle avait apporté une boîte de biscuits qu'elle tendit à Jewel.

« J'en prépare toujours à Noël pour mes amis, dit-elle.

— C'est adorable de votre part », minauda Jewel.

Junior les invita à s'asseoir, tout en précisant qu'ils étaient sur le point de sortir.

« Mais asseyez-vous donc, insista Jewel.

— Nous ne resterons pas longtemps », promit Charlie en prenant place aux côtés de Marge sur le canapé. « Nous voulions simplement vous dire que Marge a fait un rêve si troublant la nuit dernière qu'elle a souhaité vous prévenir.

— Nous prévenir de quoi ? demanda sèchement Junior.

— C'est étrange, mais j'ai rêvé de... de votre mère, commença Marge.

— Mama ! s'écria Eddie. Il lui est arrivé malheur ? »

Marge secoua la tête.

« Non, mais en général souffre-t-elle de vertiges ?

— Ouais, fit Junior, en scrutant Marge.

— D'affections cardiaques, d'insomnies, de pertes de l'appétit ?

— Ouais.

— Ça suffit ! » gémit Eddie, le visage décomposé. « Je vais l'appeler. »

Il se rua vers le téléphone.

La soirée battait son plein chez Mama Heddy-Anna. Le vin et l'alcool coulaient à flots. Chacun avait apporté son plat préféré, et la table débordait de mets traditionnels. Un vieux gramophone grinçant jouait des chants de Noël que tout le monde reprenait en chœur.

Lorsque le téléphone sonna, la personne la plus proche du phono souleva brusquement l'aiguille du disque et cria : « Un peu de silence, vous tous ! »

Quelques nouveautés avaient été ajoutées par des invités d'humeur rieuse à la liste des maux dont souffrait Mama. Elle laissa s'écouler un moment avant de décrocher l'appareil.

« A... A... Allô.

— Mama, comment vas-tu ? Quelqu'un ici a rêvé que tu étais malade...

— C'est bien vrai. »

Heddy-Anna jeta un regard en coulisse vers ses amis et plissa les yeux pour lire les nouvelles indications sur l'ardoise.

« Mama, parle plus fort, je t'entends pas. Ta voix est si faible. »

Heddy-Anna prit un ton mourant.

« Je pense que c'est mon dernier Noël. » Elle soupira : « Est-ce que la personne qui a fait ce rêve vous a avertis que je n'en avais plus pour longtemps ?

— Mama, ne dis pas une chose pareille. C'est pas vrai. Grand-mère a vécu jusqu'à cent trois ans, tu te souviens.

— C'était une forte femme... Pas moi. »

Junior prit le deuxième poste sur la ligne.

« Mama, est-ce que tu te sens vraiment plus mal ?

— J'ai eu un étourdissement ce matin... des vertiges... attends, je n'y vois plus grand-chose... et les douleurs dans la poitrine ont recommencé... »

Impatients de poursuivre la fête, les amis de Heddy-Anna lui firent signe de raccrocher.

Elle hocha la tête.

« Ça me fatigue trop de parler, gémit-elle. J'ai besoin d'aller me reposer. Pourquoi appelles-tu si tard ? Mais qu'est-ce que je peux attendre de vous ? Vous êtes des fils ingrats qui ne venez jamais voir votre mère.

— Mama, tu sais combien nous t'aimons », sanglota Eddie.

Un déclic lui répondit.

Jewel tendit à Eddie un mouchoir propre. Junior se moucha bruyamment.

Marge et Charlie prirent un air de circonstance. Marge se leva.

« J'aurais peut-être mieux fait de ne rien vous dire. Mais j'ai jugé bon de vous prévenir, au cas où vous auriez l'intention d'aller passer les fêtes auprès d'elle. »

Charlie prit un air gêné.

« Marge, peux-tu aller m'attendre dans la voiture, je te prie ? J'ai à discuter avec Junior et Eddie.

— Bien sûr. » Marge s'empara de la main de

Junior et la pressa. « Je suis vraiment désolée », dit-elle.

En passant devant Eddie, elle l'embrassa gentiment sur la joue.

« Raccompagne Marge à sa voiture, Jewel, et laisse-nous seuls un moment », ordonna Junior.

Jewel passa son bras sous celui de Marge. « Venez, ma chère. Vous ne pensiez pas à mal. Vous vouliez seulement nous aider. »

Lorsqu'elles furent hors de portée de voix, Charlie dit d'un ton hésitant :

« Bien sûr, vous avez compris que Marge s'imagine que vous rendez visite chaque année à Mama Heddy-Anna.

— C'est préférable qu'elle le croie », lui rétorqua Junior.

Charlie ne releva pas la remarque.

« J'ai été bouleversé quand Marge m'a raconté son rêve. Connaissant la situation, j'ai eu une idée. Elle est peut-être irréalisable, mais... » Il marqua une pause et haussa les épaules. « Autant vous la soumettre. C'est peut-être une manière inespérée de passer Noël avec votre mère en toute sécurité.

— Accouche, mon vieux, le pressa Junior.

— Avez-vous entendu parler du monastère de Saint-Étienne-des-Monts ?

— Saint-Étienne-des-Monts ? C'est un monastère qui se trouve dans le village voisin du nôtre, de l'autre côté de la frontière. On allait souvent skier dans le coin quand on était gosses. Eddie et moi nous étions encore là-bas quand il a été fermé.

— J'étais certain que vous le connaîtriez. Eh bien, ils vont rouvrir le monastère le 1er janvier prochain, transformé en hôtel.

— Sans blague ! s'exclama Eddie. C'était interdit d'y mettre les pieds. Mais de toute façon, en quoi ça nous concerne ?

— Ma cousine, qui est religieuse, passe habituellement le réveillon de Noël avec nous, mais pas cette année car elle fait un pèlerinage. Soixante religieuses, moines et prêtres vont séjourner au monastère de Saint-Étienne pendant la semaine de Noël, avant qu'il ne soit ouvert au public. »

Ils semblent avoir pigé, pensa Charlie, en voyant les deux frères échanger un regard entendu.

« Ils ont affrété un charter qui part demain soir de Teterboro Airport dans le New Jersey. Ils atterriront sur une piste proche du monastère, de l'autre côté de la frontière par rapport à la maison de votre mère. »

Charlie s'interrompit, hésitant à essuyer les gouttes de transpiration qu'il sentait perler sur son front. Mais il ne voulait pas avoir l'air nerveux.

« J'ai demandé à ma cousine s'il restait

quelques places disponibles dans l'avion. Il y en avait encore quatre ou cinq ce matin. »

Junior et Eddie se regardèrent. « C'est pas difficile d'aller en ski du monastère jusqu'à la maison de Mama », dit Eddie.

Charlie avala avec peine sa salive, conscient d'être à deux doigts de gagner la partie, ou d'échouer lamentablement.

« J'ai pensé que si vous vous déguisiez en moines ayant fait vœu de silence, personne ne pourrait deviner qui vous êtes. J'imagine que vous pourriez sans mal vous procurer les documents nécessaires.

— Pas de problème », dit Junior.

Suivit un silence. Puis il se tourna vers son frère. « Revenir chez nous m'a toujours paru risqué, mais ça pourrait marcher cette fois.

— Suis partant, déclara Eddie. Je pourrais plus jamais fermer l'œil s'il arrivait malheur à Mama sans que je l'aie revue. »

Charlie prit un air grave.

« Il faut faire vite. Les places sont peut-être déjà vendues.

— J'espère que non pour toi, mon vieux », dit Junior d'un ton furieux. « Quand tu as entendu parler de ce voyage, t'aurais dû nous avertir tout de suite. »

Charlie sortit son portable.

« Non, utilise notre téléphone. Et branche le haut-parleur, ordonna Junior.

— Bien sûr.

— Ici le couvent de Sainte-Marie, répondit une voix féminine. Sœur Joseph à l'appareil.

— Sœur Joseph, ici Charlie Santoli, le cousin de sœur Margaret. Pouvez-vous me la passer ?

— Je regrette, elle est sortie faire des achats pour le voyage. On nous a dit d'emporter davantage de vêtements chauds. »

Les deux frères fusillèrent Charlie du regard. « Posez-lui la question », dit Junior impatiemment.

« Ma sœur, savez-vous par hasard si le vol pour Saint-Étienne est complet ?

— Je le crains, mais laissez-moi vérifier.

— Y a *intérêt,* qu'il reste des places », murmura Eddie, fermant et ouvrant le poing.

La sœur revint en ligne.

« J'avais raison, monsieur Santoli. Nous étions complets, mais nous venons d'avoir deux annulations. Une de nos sœurs âgées est trop fatiguée pour entreprendre un aussi long voyage. Elle préfère rester ici, ainsi que la sœur qui devait l'accompagner.

— Vaut mieux qu'elle reste ici en effet, grommela Junior. Retiens ces deux places. »

À l'autre bout de la ligne, dans le couvent, l'agent du FBI Susan White fit un signe victorieux à l'intention de Rich Meyers.

Puis elle commença à écrire : « Frère Stanislas et frère Casper... »

Sterling arbora un large sourire. Marge et Charlie s'en étaient sacrément bien tirés. La première phase du plan avait marché comme sur des roulettes.

Marissa, nous approchons du but.

« Bonne nuit, ma chérie. »

Denise borda sa fille et se pencha pour l'embrasser.

« Bonne nuit, maman. J'ai hâte d'être à demain. C'est à la fois mon anniversaire et la veille de Noël.

— Ce sera une journée formidable », promit Denise en éteignant la lumière.

À la cuisine, elle retrouva Roy, qui essuyait la vaisselle.

« Tout le monde est couché ? demanda-t-il avec bonne humeur.

— Oui, mais c'est curieux, j'imaginais que Marissa serait triste ce soir, alors qu'elle paraît tout excitée et même heureuse, comme si elle attendait un miracle, comme si Billy et Nor allaient se joindre à nous demain.

— Je crains qu'elle n'éprouve une grosse déception », dit tristement Roy en raccrochant son torchon.

Charlie cachait mal sa nervosité. « Je leur ai fourni tout le nécessaire, dit-il. Les habits de moine, les sandales, les livres de prières, les valises — le tout usagé, comme il convient pour des frères qui ont fait vœu de pauvreté. »

Marge et lui se tenaient dans la salle de séjour en compagnie de Sterling. Tous trois étaient anxieux, craignant que les Badgett ne flairent le coup monté avant le décollage de l'avion.

« Et les passeports ? demanda Marge. Tout est en règle de ce côté-là ?

— Des faux de premier ordre, dit Charlie. Ils s'en sont eux-mêmes occupés.

— Comment avaient-ils l'intention de se rendre à Teterboro ? s'enquit Marge. J'espère qu'ils n'ont pas utilisé leur limousine tape-à-l'œil.

— La limousine devait les conduire jusqu'à New York et les déposer dans une de leurs teintureries désaffectées. Ils avaient prévu de s'y changer et de prendre ensuite un car jusqu'à l'aéroport. »

Il était vingt-trois heures cinquante-cinq. L'avion devait décoller à minuit.

« Rien n'est encore joué. Ces deux types ont un sixième sens, dit Charlie d'une voix blanche. S'ils se rendent compte au dernier moment qu'il s'agit d'un piège et ne montent pas dans l'avion, je suis foutu.

— As-tu remarqué quelque chose d'inhabituel dans leur comportement ce matin, un signe indiquant qu'ils avaient des soupçons ? » questionna Marge en déchiquetant fébrilement une serviette en papier.

« Rien. Je suis soudain devenu leur meilleur ami. N'oublie pas que c'est grâce à moi qu'ils vont enfin revoir leur bien-aimée Mama. »

Sterling se rembrunit. Et si le plan échoue, je serai le premier coupable puisque c'est moi qui l'ai suggéré.

La sonnerie du téléphone les fit sursauter.

Charlie s'empara du récepteur.

« Allô.

— Monsieur Santoli ?

— Oui.

— Ici Rich Meyers. Vous serez heureux d'apprendre qu'un certain charter vient de décoller, avec à son bord les frères Stanislas et Casper. »

Le sourire éloquent de Charlie rassura Marge et Sterling.

« Ils devraient atterrir au Kojaska dans huit

heures. La police locale est prévenue, prête à les arrêter. Nos agents à bord de l'appareil se débarrasseront ensuite de leurs habits religieux et feront le trajet inverse dès que l'avion aura refait le plein. »

Charlie eut l'impression qu'on le libérait d'un poids énorme.

« J'imagine que vous voudrez recueillir une déposition supplémentaire de ma part ?

— La semaine prochaine. Profitez de vos vacances. Je sais que vous vous montrerez coopératif. » Meyers s'interrompit. « Ne vous inquiétez pas, monsieur Santoli. Je pense que vous comprenez ce que je veux dire.

— Merci », murmura Charlie.

Sterling se leva.

« Tout ira bien, dit-il. Vous n'aurez pas de problèmes, Charlie. Vous êtes un type bien. À présent, je dois vous quitter.

— Sterling, comment pourrons-nous jamais vous remercier ? demanda Marge.

— Ne pensez pas à me remercier. Employez bien votre temps sur terre. Croyez-moi, il passe très vite.

— Nous ne vous oublierons jamais, murmura Marge.

— Jamais, reprit Charlie avec ferveur.

— Nous nous reverrons, j'en suis sûr », dit Sterling avant de disparaître.

« Quand est-ce qu'on arrive ? Cette robe me gratte », se plaignit Eddie, immédiatement récompensé par un coup de coude de la part de son frère.

Junior sortit un calepin de sa poche et écrivit : *Vœu de silence. La ferme. Bientôt.*

À cet instant la voix du chef de cabine se fit entendre dans le haut-parleur. « Notre atterrissage à l'aérodrome de Saint-Étienne-des-Monts est prévu dans une vingtaine de minutes... » Suivirent les instructions habituelles.

Eddie était au comble de l'excitation. J'arrive, Mama, j'arrive !

Junior ne sut jamais à quel moment précis l'avait envahi le pressentiment d'un désastre. Il regarda par le hublot, en plissant les yeux. Il y avait une couche épaisse de nuages, et tandis que l'avion entamait sa descente, des tourbillons de neige brouillèrent la visibilité. Se penchant plus près, il aperçut le monastère et la piste d'atterrissage. Tout va bien, se rassura-t-il. Je me suis affolé pendant une minute, je me suis dit que Santoli nous avait peut-être roulés.

Puis la voix du chef de cabine résonna à nouveau : « En raison des mauvaises conditions atmosphériques et du verglas qui recouvre la piste de l'aérodrome, nous sommes dans l'obligation d'atterrir à l'aéroport national du Kojaska. »

Junior et Eddie échangèrent un regard. Eddie releva son capuchon. « Qu'est-ce que t'en penses ? »

Ta gueule ! écrivit furieusement Junior sur son calepin.

« Vous serez transportés par autocar jusqu'au monastère de Saint-Étienne, à une cinquantaine de kilomètres de distance », continua la voix aux accents réconfortants. « Nous regrettons ce contretemps, mais votre sécurité est notre premier souci. »

« Comment on va passer la douane ? » s'inquiéta Eddie, s'efforçant en vain de parler tout bas. « T'es sûr que nos passeports sont O.K. ? Qu'ils vont pas les passer sous une lampe spéciale ou je sais quoi ? »

La ferme, bon Dieu ! griffonna à nouveau Junior. C'est peut-être en effet un simple contretemps, se dit-il. Peut-être qu'il n'y a pas de problème. Il regarda autour de lui, scrutant les visages de ses compagnons de voyage. La plupart étaient plongés dans leurs livres de prières.

Les passeports sont en règle, écrivit-il. *C'est toi, avec ton foutu clapet, qui risques de tout faire foirer.*

Eddie se pencha par-dessus son épaule pour regarder à son tour à travers le hublot. « On est au-dessus de la montagne. Regarde ! Voilà le village ! Je suis sûr que je peux voir la maison de Mama ! »

Il parlait de plus en plus fort. Anxieux de couvrir sa voix, Junior se mit à tousser violemment, attirant malgré lui l'attention de l'hôtesse qui vint lui offrir un verre d'eau.

J'aurais plutôt besoin d'une bonne rasade d'alcool, pensa-t-il. Si jamais je retourne à Long Island, j'étriperai cet abruti de Santoli !

L'avion atterrit, roula jusqu'au terminal. Et ce que virent alors Junior et Eddie sur le tarmac les rendit littéralement muets de stupeur.

Au milieu de plusieurs policiers en uniforme, une silhouette isolée faisait des bonds de joie en leur adressant de grands gestes de la main.

Mama Heddy-Anna.

Junior secoua la tête.

« Elle ne paraît pas franchement à l'article de la mort. »

Eddie semblait stupéfait.

« Elle a l'air drôlement en forme, si tu veux mon avis !

— On a fait ce voyage pour rien, et maintenant c'est la prison qui nous attend. Pour le reste de notre vie. »

La porte de l'avion s'ouvrit et quatre policiers s'élancèrent dans l'allée centrale, ordonnèrent aux deux frères de se lever et de mettre leurs mains derrière leur dos. Tandis qu'on les emmenait, les autres passagers rabattirent leurs capuchons, ôtèrent leurs vêtements religieux et applaudirent.

Au pied de la passerelle, Mama Heddy-Anna serra ses fils dans ses bras, les étouffant presque dans son étreinte.

« Ces aimables policiers sont venus me chercher. Ils ont dit que vous reveniez à la maison pour me faire une surprise. Je sais que vous avez des ennuis, mais j'ai une bonne nouvelle pour vous ! Papa vient d'être nommé chef du syndicat des détenus de la prison où vous allez passer le reste de votre vie. » Elle avait l'air ravie. « Voilà mes trois hommes enfin réunis, bien tranquilles et à l'abri, dans un endroit où je pourrai leur rendre visite chaque semaine.

— Mama », sanglota Eddie en posant sa tête sur l'épaule de sa mère. « J'ai été tellement inquiet pendant tout ce temps que j'ai passé loin de toi. Comment vas-tu ? »

Heddy-Anna lui tapota l'épaule.

« Jamais sentie aussi bien. »

Junior songea à leur manoir de Long Island, aux limousines, à l'argent, au pouvoir et à Jewel, qui ne mettrait pas longtemps à trouver un nouveau petit ami. Tandis que son frère sanglotait de plus belle, il pensa : Comment ai-je pu être aussi bête !

Le matin du 24 décembre, Billy et Nor étaient assis devant leur petit déjeuner qu'ils n'avaient pas touché. C'était à la fois la veille de Noël et le huitième anniversaire de Marissa. Une chape de tristesse pesait sur eux, les empêchant d'avaler une seule bouchée.

La sonnerie prolongée de la porte d'entrée les fit sursauter. Billy se précipita pour ouvrir.

Sur le seuil, l'agent du FBI Frank Smith arborait un large sourire. « Vous avez des réservations sur le vol de douze heures quarante pour New York. Prenez le strict nécessaire pour le voyage. Il n'y a pas une minute à perdre si vous voulez arriver à temps. »

La veille de Noël, le restaurant de Nor voyait traditionnellement défiler à l'heure du déjeuner un flot joyeux d'habitués. Il y avait ceux qui faisaient en vitesse leurs dernières courses et s'arrêtaient pour souffler quelques instants. D'autres, plus organisés, venaient s'y restaurer calmement avant que ne commencent les célébrations religieuses et familiales.

Aujourd'hui, l'ambiance était lugubre. Derrière son bar, Dennis secoua la tête en contemplant la salle presque déserte. Au moins Nor avait-elle reconnu qu'il était inutile de rester ouvert le jour de Noël.

« Tu as raison, Dennis, avait-elle dit. S'il n'y a que dix réservations, autant que ces malheureux aillent s'amuser dans un endroit plus gai. »

Nous ne tiendrons pas longtemps, songea Dennis, en prenant une commande pour une bière.

Le téléphone du bar sonna. Il décrocha.

« Dennis ! » C'était la voix de Nor, joyeuse,

pleine d'énergie. « Nous sommes à l'aéroport, nous rentrons ! Tout est réglé. C'en est fini des frères Badgett, ils se sont fait coffrer une fois pour toutes. Cours acheter un gâteau pour l'anniversaire de Marissa ce soir et téléphone à nos clients. Dis-leur que nous serons ouverts pour le réveillon et que c'est la maison qui régale. Mais que Marissa n'en sache rien ! Nous voulons lui faire la surprise. »

Dès l'instant où elle ouvrit les yeux, Marissa murmura : « J'ai huit ans aujourd'hui. » Son espoir de voir Sterling ramener son papa et Nor-Nor à la maison s'était envolé. Elle avait tant espéré les trouver près d'elle à son réveil. Elle comprit que ce serait comme les autres jours.

Elle s'était imaginé qu'ils seraient de retour à Pâques, mais il n'en avait rien été. Ensuite elle s'était dit qu'ils reviendraient pour les grandes vacances... puis pour la rentrée scolaire en septembre... pour Thanksgiving...

Ce sera pareil aujourd'hui, se dit-elle, en enfilant sa robe de chambre. Elle pressa ses mains sur ses yeux, refoula les larmes qui menaçaient de couler et, se forçant à sourire, descendit l'escalier.

Sa mère, Roy et les jumeaux étaient déjà assis à la table de la cuisine. À sa vue, ils entonnèrent tous : « Joyeux anniversaire... » Il y avait des cadeaux disposés près de son bol de céréales : une montre ; des livres et des CD de la part de maman, de Roy et des jumeaux ; un pull offert par grand-mère. Elle ouvrit les deux dernières boîtes : des patins à glace de la part de papa et une nouvelle tenue de patinage, cadeau de NorNor.

Après le petit déjeuner, Marissa emporta ses cadeaux dans sa chambre. Là, elle tira la chaise de son bureau jusqu'à la penderie et grimpa dessus. Elle prit ensuite les boîtes contenant les patins et le costume de patineuse et les plaça sur le rayonnage le plus élevé. Du bout des doigts, elle les repoussa tout au fond, jusqu'à ce qu'ils disparaissent de sa vue. Elle ne voulait plus les voir. Jamais.

À onze heures, installée dans le séjour, elle lisait ses nouveaux livres, lorsque le téléphone sonna. En entendant sa mère dire : « Allô, Billy », elle crut que son cœur allait s'arrêter mais ne leva pas les yeux.

Elle vit alors maman se précipiter vers elle et, sans lui laisser le temps de protester, lui plaquer le téléphone contre l'oreille. Et elle entendit papa crier : « Marissa, veux-tu que nous fêtions tous ton anniversaire ce soir chez Nor ? Nous rentrons à la maison ! »

Marissa murmura : « Oh, papa. » Le bonheur l'empêcha de prononcer un mot de plus. Elle sentit quelqu'un lui donner une petite tape sur la tête. Elle leva les yeux et le vit devant elle, son ami avec son drôle de chapeau, son ami qui n'était pas tout à fait un ange. Il lui souriait.

« Au revoir, Marissa », dit-il, et il disparut.

Comme dans un rêve, Marissa grimpa dans sa chambre, ferma la porte, approcha à nouveau la chaise de la penderie et reprit les cadeaux qu'elle venait d'y ranger. Au moment où elle tirait les boîtes vers elle, quelque chose tomba du rayonnage et atterrit à ses pieds.

Elle s'accroupit sur le sol et l'examina. C'était une petite décoration de Noël qu'elle n'avait jamais vue auparavant. Un ange habillé exactement comme son ami.

« Tu as le même drôle de chapeau », murmura-t-elle en le ramassant et en l'embrassant.

Le tenant contre sa joue, elle s'approcha de la fenêtre et contempla le ciel.

« Vous m'aviez dit que vous n'étiez pas tout à fait un ange, dit-elle doucement. Mais je sais que vous en êtes un. Merci d'avoir tenu votre promesse. Je vous aime. »

Lorsque Sterling pénétra dans la salle d'audience où siégeait le Conseil céleste, il comprit, en voyant le visage satisfait des saints, qu'il avait accompli sa tâche.

« Je dois l'avouer, le dénouement de l'histoire est très touchant, dit l'amiral avec une émotion inhabituelle de sa part.

— Avez-vous vu le visage de cette petite ? soupira la religieuse. Elle rayonnait du bonheur le plus parfait qui puisse exister sur terrre.

— Je n'ai pu m'empêcher de rester pour voir Marissa dans les bras de son père, expliqua Sterling au Conseil. Ensuite je les ai accompagnés chez Nor. Quelle belle fête d'anniversaire ! Comme vous le savez, la nouvelle du retour de Billy et de Nor s'est répandue comme une traînée de poudre, et tous leurs habitués sont venus les accueillir.

— J'avais les larmes aux yeux en entendant Billy chanter l'air qu'il a composé pour sa fille, avoua la reine.

— Son succès est déjà assuré, déclara le matador.

— Billy va l'enregistrer ainsi que d'autres compositions écrites pendant son éloignement forcé, ajouta Sterling. L'année a été très pénible pour lui, mais il n'est pas resté sans rien faire.

— Vous non plus, dit le berger.

— En effet. Reconnaissons-le, murmurèrent-ils tous, en hochant la tête.

— Non seulement vous avez trouvé quelqu'un à aider et utilisé votre cervelle pour imaginer une solution à ses problèmes, mais vous avez aussi laissé parler votre cœur, dit la sainte indienne, manifestement fière de Sterling.

— Et vous avez sauvé Charlie Santoli d'une existence qui menaçait de l'anéantir », ajouta l'infirmière.

Il y eut un moment de silence.

Puis le moine se leva.

« Sterling, la célébration de la naissance de Notre Sauveur va commencer. Le Conseil a estimé que vous aviez mérité non seulement une visite au paradis, mais une place permanente parmi nous. Il est temps de vous ouvrir les portes du ciel. »

Il se tourna vers la porte.

« Un instant, l'arrêta Sterling. J'ai une faveur à vous demander. »

Le moine le dévisagea.

« Que pourriez-vous désirer d'autre en un pareil moment ?

— Je vous remercie tous. Bien sûr, vous ne l'ignorez pas, je souhaite ardemment aller au ciel. Mais j'ai trouvé cette expérience si passionnante que, avec votre permission, j'aimerais retourner sur terre chaque Noël pour le bien de quelqu'un. Jamais je n'avais imaginé à quel point c'était satisfaisant pour soi-même.

— Faire le bonheur d'autrui est une des grandes joies de la condition humaine, lui dit le moine. Vous avez appris votre leçon mieux encore que nous l'avions espéré. Venez avec nous à présent. »

Comme ils s'avançaient, les portes célestes s'ouvrirent en grand devant eux et un flot de lumière se répandit, une lumière plus brillante que mille soleils, plus brillante que tout ce que Sterling avait jamais vu en rêve. Une profonde paix intérieure l'envahit. Il s'avança vers la lumière, se fondit en elle. Le Conseil céleste s'écarta, le laissant poursuivre seul sa marche. Un vaste groupe était rassemblé, semblant l'attendre.

Il sentit une main prendre la sienne.

« Sterling, laisse-moi marcher à tes côtés. »

Annie.

« Ces hommes et ces femmes sont là depuis peu, murmura-t-elle. Ils sont tous arrivés en même temps. Leur vie s'est arrêtée tragiquement, et bien qu'ils jouissent désormais de la vie éternelle, ils s'inquiètent pour tous ceux qu'ils chérissent et qui sont restés sur terre. Mais ils sauront les aider et les réconforter. »

Elle s'interrompit.

« Écoute, la célébration va commencer. »

La musique s'éleva, s'amplifia. Avec tous les anges et les saints et toutes les âmes du paradis, Sterling entonna :

« *Il est né le divin enfant...* »

REMERCIEMENTS

C'est avec gratitude que nous remercions :

Nos éditeurs, Michael Korda, Chuck Adams et Roz Lippel.

Notre attachée de presse, Lisl Cade.

Nos agents, Gene Winick, Sam Pinkus et Nick Ellison.

Sans oublier Gypsy da Silva et Carol Catt.

Notre équipe de soutien maison, John Conheeney, Irene Clark, Agnes Newton et Nadine Petry.

Et bien entendu, vous tous, très chers lecteurs.

Nos vœux vous accompagnent.

Mary Higgins Clark
dans Le Livre de Poche

Avant de te dire adieu   n° 17210

Un luxueux yacht explose dans le port de New York. A son bord, entouré de ses invités, Adam Cauliff, un architecte impliqué dans d'importantes opérations immobilières. Meurtre ou accident ? Nell McDermott, la femme d'Adam, donnerait cher pour le savoir, d'autant plus qu'à son chagrin s'ajoute la culpabilité : un sérieux conflit venait d'éclater au sein du couple. Prête à tout pour découvrir la vérité, elle accepte de consulter un médium qui se fait fort de la mettre en contact avec Adam. Mais se risquer aux frontières de la mort peut vous conduire à d'effarantes réalités. Le lecteur les découvrira page après page, irrésistiblement entraîné par l'auteur de *Tu m'appartiens* et d'*Une si longue nuit*, ici au sommet de son art.

Ce que vivent les roses   n° 14377

Par deux fois, à quelques semaines d'intervalle, Kerry McGrath fait une constatation troublante : le Dr Smith, chirurgien plasticien, donne à ses patientes le visage d'une jeune femme assassinée quelques années plus tôt. Cette jeune femme, Suzanne, Kerry s'en souvient bien : c'est elle, alors procureur-adjoint, qui a fait condamner son mari... Mais lorsque, saisie de doutes, elle veut faire rouvrir le dossier, personne ne semble y tenir, ni son patron, ni son ex-mari, ni même son vieil ami le sénateur Hoover... Et c'est bientôt pour sa vie même, et celle de sa petite fille, que devra craindre Kerry, si elle veut découvrir la vérité.

La Clinique du docteur H.   n° 7456

Avec une habileté remarquable, Mary Higgins Clark tisse la trame effrayante d'un complot médical qui doit rester secret à tout prix et le récit se développe vers un dénouement d'une intensité dramatique proprement hallucinante.

Dans la rue où vit celle que j'aime   n° 17266

En 1891, des jeunes filles disparaissent mystérieusement. Mais lorsqu'un siècle plus tard, on découvre leurs squelettes ainsi que les cadavres de mortes plus récentes, la petite ville de Spring Lake, vieille station balnéaire chic de la côte atlantique, est tétanisée. Chacun semble avoir quelque chose à cacher. Le docteur, l'agent immobilier, le restaurateur... tous paraissent suspects. Mais sont-ils pour autant coupables ? Dans cette atmosphère d'angoisse grandissante, Emily Graham, une jeune avocate new-yorkaise, s'installe dans la maison de famille où, jadis, vécut Madeleine, son ancêtre assassinée. Un homme observe ses faits et gestes. S'agit-il d'un tueur ? De mystérieux liens semblent le rattacher à toutes ces victimes du passé. Emily sera-t-elle sa prochaine cible ?

Le Démon du passé   n° 7545

Pat Traymore, jeune et talentueuse journaliste de télévision, a été appelée à Washington pour produire une série d'émissions intitulées *Les Femmes au gouvernement*. Son premier sujet est Abigail Jennings, sénateur de l'Etat de Virginie, que la rumeur publique désigne comme future « première femme vice-président des Etats-Unis ». Séduisante, intelligente, interviewer-né, Pat est aussi amoureuse. Apparemment, tout lui sourit – sinon qu'elle s'est installée dans cette magnifique maison de Georgetown où un crime a détruit son enfance, malgré le menaçant appel téléphonique d'un inconnu : « Patricia Traymore, vous ne devez pas réaliser une émission à la gloire du sénateur Jennings. Et vous ne devez pas habiter dans cette maison... »

Dors ma jolie

Ethel Lambston, écrivain et journaliste, est assassinée alors qu'elle se disposait à publier, sur le milieu new-yorkais de la mode, un livre explosif et compromettant pour des personnalités en vue. Dont ce grand couturier accusé de trafic de drogue... Son amie, Neeve Kearny, prend de gros risques en cherchant la vérité dans ce New York où le pouvoir et la richesse suscitent des ambitions sans mesure et sans scrupules.

Douce nuit

Brian, sept ans, n'a plus qu'une seule idée, qu'un seul espoir : la médaille de saint Christophe, donnée par sa grand-mère, pourrait sauver la vie de son papa, hospitalisé pour une grave maladie... C'est grand-mère qui l'affirme, elle ne peut pas se tromper. Aussi, lorsqu'une inconnue s'enfuit avec le portefeuille tombé du sac de sa mère, où se trouve la médaille, il n'hésite pas à se lancer à ses trousses, abandonnant la féerie du Rockefeller Center illuminé pour la nuit de Noël.

Et nous nous reverrons...

Accusée du meurtre de Gary, son époux, un médecin réputé de Manhattan, Molly a passé six ans en prison. Et voilà que lorsqu'elle en sort, bénéficiant d'une remise de peine, la jeune femme avec laquelle Gary avait une liaison est assassinée à son tour... De nouveau suspecte, Molly doit prouver son innocence. Elle n'a que deux alliées : ses amies d'enfance, Fran et Jenna. Mais quel rôle joue cette dernière, devenue l'épouse d'un homme d'affaires sans scrupules ? Et qui a voulu accuser Molly ?

Le Fantôme de lady Margaret

Quel rapport peut-il y avoir entre les attentats qui ensanglantent Londres et visent la famille royale, et les recherches d'une jeune historienne sur la terrible lady Margaret, décapitée au XVIIe siècle ? La vengeance, peut-être. Ou l'hypnose ? Le surnaturel, pour deux jumelles aux prises avec un psychopathe ; la passion meurtrière d'un jeune homme pour son ancien professeur ; amour, mort et loterie pour les deux amis de « Jour de chance » : Mary Higgins Clark explore ici, en cinq récits, toute la gamme du suspense et de la terreur.

Joyeux Noël, merry christmas

Après huit ans passés à la présidence des Etats-Unis, Henry Parker Britland coule des jours heureux auprès de Sandra, dite Sunday, son épouse, jeune et brillante femme politique. Mais on n'est pas impunément le couple le plus en vue des médias. Lorsque Tommy, le plus vieil ami d'Henry, est accusé d'avoir assassiné sa maîtresse, lorsque Sunday est enlevée par un réseau terroriste, Henry comprend qu'il faut se battre pour défendre son bonheur...

La Maison du clair de lune

Une vieille dame riche, Nuala Moore, heureuse de retrouver après vingt ans de séparation la fille de son ex-mari, qu'elle adorait. Des morts suspectes dans une luxueuse maison de retraite pour milliardaires, Latham Manor, à Rhode Island. Une ancienne coutume victorienne : attacher à la main des morts un fil permettant d'actionner une clochette à l'extérieur de la tombe, au cas où ils auraient été enterrés vivants. Et Maggie, jeune et séduisante photographe new-yorkaise, qui a vu ce qu'elle ne devait pas voir. Tels sont les ingrédients de *La Maison du clair de lune*. Une angoisse implacablement distillée qui ne nous laisse pas une seconde de répit.

La Maison du guet   n° 7516

Voulant échapper au terrible secret de son passé, Nancy a changé de nom, d'apparence et de couleur de cheveux, avant de quitter la côte Ouest et de venir s'installer à Cap Cod où elle a épousé Ray Eldredge. Sept années de bonheur se sont écoulées. Elle a deux enfants, Michael et Missy. Puis paraît dans un journal régional un article relatant un procès pour meurtre avec la photo d'une jeune femme qui ressemble étrangement à Nancy. Le jour même, Michael et Missy disparaissent. Le passé et le présent semblent indissolublement liés. Nancy a-t-elle perdu la tête ? C'est ce que redoute la police.

Ne pleure pas ma belle   n° 7561

La jeune et ravissante Elizabeth Lange est hantée par la mort tragique de sa sœur, une star de l'écran et de la scène, tombée mystérieusement de la terrasse de son appartement de New York. A-t-elle été assassinée par son amant, l'irrésistible magnat des affaires Ted Winters, lui-même en proie à des tourments secrets ? S'est-elle suicidée ? Mais pourquoi Leila aurait-elle voulu se supprimer alors qu'elle était heureuse et au sommet de sa gloire ? Quelqu'un d'autre l'aurait-il tuée ? Minée par le chagrin, Elizabeth est invitée par la baronne Minna von Schreiber, sa plus vieille amie, à venir se reposer dans le luxueux institut de mise en forme de Cypress Point en Californie. Au lieu d'y trouver le calme et la détente, elle va être confrontée à Ted, aux meilleurs amis de sa sœur, qui ont tous un motif pour l'avoir tuée...

Ni vue ni connue   n° 17056

Alors qu'elle s'apprête à vendre un bel appartement situé dans Manhattan, Lacey Farrell, jeune agent immobilier, est témoin du meurtre de la propriétaire. Or celle-ci lui avait fait ses confidences sur la mort de sa fille, Heather, jeune actrice de Broadway, dans un étrange accident d'automobile... Lacey en a trop vu : sa vie bascule. Protégée par la police, contrainte à déménager et à changer d'identité, elle est néanmoins retrouvée par le tueur – un professionnel. Et la traque commence.

Nous n'irons plus au bois   n° 7640

Laurie Kenyon, vingt et un ans, est arrêtée pour le meurtre de son professeur. Tout l'accuse sans équivoque possible. Cependant Laurie ne se souvient de rien. Sarah, elle, refuse de croire que sa sœur est coupable. Avec l'aide d'un psychiatre, elle va peu à peu faire revivre le terrible passé de Laurie : son enlèvement à quatre ans, les violences qu'elle a subies, les graves troubles de la personnalité qu'elle a développés depuis à son insu. Mais au même moment, le danger rôde à nouveau : le couple kidnappeur, qui a retrouvé sa trace, redoute ses révélations...

La Nuit du renard   n° 7441

Un de ces livres à suspense qu'il n'est pas question de poser avant d'être arrivé à la dernière page. On serait même tenté, parfois, de regarder comment il finit pour pouvoir supporter la palpitante angoisse de tous ses rebondissements. Cependant on suit pas à pas, dans leurs cheminements périlleux et inquiétants, des personnages attachants auxquels on croit de la façon la plus absolue. Le rythme et la tension de ce roman sont véritablement hallucinants. Mary Higgins Clark crée un extraordinaire climat de terreur. Et le dénouement, saisissant, fait passer des frissons dans le dos.

Recherche jeune femme aimant danser   n° 7618

« Peut-être l'occasion de trouver le prince charmant... » Erin et Darcy estimaient plutôt amusant de répondre aux petites annonces (rubrique « Rencontres ») pour aider une amie à préparer un reportage télévisé. Beau sujet de reportage, en effet, il y a toutes sortes de gens derrière l'anonymat des annonces...

Souviens-toi n° 7688

Menley et son mari Adam, brillant avocat new-yorkais, se sont installés à Cap Cod, la station balnéaire chic, proche de Boston, avec leur petite fille. Une obsession pour eux : surmonter le traumatisme dû à la disparition accidentelle de leur premier bébé. Mais on ne parle à Cap Cod que de la mort d'une richissime jeune femme, et des soupçons de meurtre qui pèsent sur son mari, héritier de sa fortune. Dans le même temps, Menley a l'impression d'être environnée de menaces, dans la splendide demeure ancienne qu'ils ont louée, théâtre deux siècles plus tôt d'événements dramatiques... Et nous voici enfermés peu à peu, avec ce couple déjà si douloureusement éprouvé, dans un piège diabolique, comme sait seule les imaginer la romancière de *La Nuit du renard*.

Tu m'appartiens n° 17107

Les disparitions inexpliquées de femmes : un bon sujet pour Susan Chandler, psychologue et animatrice sur une radio de New York. Or, lorsqu'elle évoque à l'antenne le cas de Regina Clausen, qui n'est jamais revenue d'une croisière, des auditrices appellent. L'une d'elles a rencontré un homme, sur un bateau, qui lui a offert le même bijou que celui retrouvé dans les affaires de Regina : une bague portant gravés les mots « Tu m'appartiens ». Une autre, une jeune serveuse de restaurant, a vu un homme en acheter plusieurs chez l'artisan qui les fabrique... Susan n'a pas prévu qu'en relançant ainsi une enquête demeurée sans résultats, elle vient de déclencher une impitoyable mécanique meurtrière. Car le tueur a écouté son émission. Et, parmi les futures victimes dont il dresse la liste, figure Susan, dont il a justement fait la connaissance, dans la même période, hors antenne...

Un cri dans la nuit

Jeune divorcée, Jenny se débat dans la vie pour élever ses deux petites filles. Lorsqu'elle fait connaissance du beau, riche et irrésistible Erich Krueger, Jenny a le coup de foudre. Après une cour hâtive, Erich l'épouse et l'emmène avec ses filles chez lui, au Minnesota, dans une maison de rêve. Mais le bonheur de Jenny ne dure pas longtemps. Bientôt survient une succession d'incidents étranges et terrifiants ; le conte de fées tourne à l'épouvante.

Un jour tu verras...

Meghan n'en croit pas ses yeux : là, dans ce service d'urgences hospitalières, la jeune fille qu'on vient d'amener, victime d'une grave agression, lui ressemble trait pour trait, comme une jumelle. Mais ce n'est là que la première des énigmes que la jeune femme, avocate reconvertie dans le journalisme, va devoir affronter. Un père disparu dans un mystérieux accident. Une clinique spécialisée dans la fécondation *in vitro* et l'élaboration de clones humains. L'ombre d'un « serial killer »..

Une si longue nuit

Alors que New York illuminé s'apprête à fêter Noël, une femme abandonne son enfant devant une église, et disparaît dans la nuit. A l'intérieur, un petit malfrat attend le départ du dernier prêtre pour s'emparer d'un précieux objet du culte, jusqu'au moment où l'irruption de la police l'oblige à battre en retraite. Quant au bébé, personne ne saura qu'il était là...Il faudra le plus grand des hasards pour que Willy et Alvirah Meehan, détectives de choc, découvrent des années plus tard la trace de cette affaire rocambolesque.

Carol Higgins Clark
dans Le Livre de Poche

L'Accroc

Le collant féminin indémaillable, indéchirable ! Richie Blossom n'est pas peu fier de cette invention qui pourrait lui apporter la fortune, et qu'il entend bien présenter au congrès de fabricants de lingerie qui se déroule à Miami Beach. Mais cette nouveauté révolutionnaire suscite, semble-t-il, autant de convoitises que de craintes. Est-ce pour cela que, par deux fois, dans l'hôtel où se tient aussi un congrès d'entrepreneurs de pompes funèbres, on essaie d'attenter à sa vie ? Telle est l'énigme à laquelle va s'attaquer Regan Reilly, la jeune détective privée. Et la troisième tentative d'assassinat sera dirigée contre elle...

Bien frappé

Désormais connue d'un très vaste public, Regan Reilly, l'héroïne de Par-dessus bord et de L'Accroc, mène ici, avec l'énergie et l'intrépidité qui la caractérisent, une enquête sur des vols de tableaux. En sa compagnie, nous pénétrons le cercle très fermé de la jet-set d'Aspen, une station de ski du Colorado. Plusieurs chefs-d'œuvre de grande valeur ont disparu des luxueuses résidences qui les abritaient. Et l'on accuse Eben, un cambrioleur repenti en qui Regan a pourtant une totale confiance... Cependant, une vieille dame seule, Géraldine, se dispose à offrir au musée local un tableau ancien dont elle est propriétaire. Le gang va-t-il frapper à nouveau ? Serait-ce l'occasion pour Regan de faire éclater la vérité ?

Par-dessus bord

En se rendant à la réunion de St. Polycarp, dans le manoir de l'excentrique vieille lady Exner, Regan Reilly ne songeait qu'à oublier ses soucis de détective pour évoquer d'agréables souvenirs. Mais parmi ces souvenirs, il y a la disparition, dix ans plus tôt, de l'une d'entre elles : Athena Popoulos, jeune héritière grecque. Et lorsqu'on apprend que, le même soir, son corps vient d'être retrouvé dans un bois, tout près du manoir, l'évocation du passé prend les allures d'un début d'enquête... C'est à bord d'un paquebot de luxe, le *Queen Guinevere*, que se trouve l'assassin, et tout indique que c'est à lady Exner et à Regan qu'il en veut maintenant.

Sur la corde   nº 17148

Et dire que Regan Reilly, la détective de charme, voulait profiter de la Fête nationale pour se reposer dans la villa de ses parents ! Un simple concert de country music, qui doit justement se dérouler dans cette villégiature de luxe des Hamptons, va bouleverser tous ses projets. Une jeune chanteuse, menacée par des lettres anonymes, lui demande protection. Ne possède-t-elle pas un violon qui semble susciter bien des convoitises, et qui, selon la légende, provoquerait la mort de quiconque l'emporterait la mort de quiconque l'emporterait hors d'Irlande ? Il y aura bien un cadavre. Reste à savoir si l'on peut inculper un instrument de musique.

Mary et Carol Higgins Clark
dans Le Livre de Poche

Trois jours avant Noël   n° 17256

L'une est la reine incontestée du frisson. L'autre, du charme et de l'humour. Toutes deux ont jusqu'au bout des doigts l'art du suspense. C'est dire qu'avec ce premier roman écrit à quatre mains, Mary Higgins Clark et sa fille Carol offrent à leurs fans un cadeau de premier choix. Elles n'y ont pas conjugué seulement leurs talents, mais aussi leurs héroïnes. Alvirah Meehan, que connaissent déjà les lecteurs de Mary Higgins Clark, fait ici la connaissance de Regan Reilly, la séduisante enquêtrice de *Sur la corde*, au moment où cette dernière apprend l'enlèvement de son père. Les ravisseurs demandent un million de dollars. Commence alors, trois jours avant Noël, une course-poursuite haletante qui verra les deux femmes déployer des trésors d'énergie et de courage...

Composition réalisée par NORD COMPO

IMPRIMÉ EN ESPAGNE PAR LIBERDUPLEX
BARCELONE
LIBRAIRIE GÉNÉRALE FRANÇAISE - 43, quai de Grenelle - 75015 Paris
Édition 01
Dépôt légal Édit. : 35986-09/2003
ISBN : 2 - 253 - 17302 - 9   ✤ 31/7302/8